데미안

위의 큐알코드를 스캔하면 한글판 PDF와
독일어판 PDF를 다운받을 수 있습니다.

데미안
DEMIAN

2025년 5월 10일 초판 1쇄 인쇄
2025년 5월 15일 초판 1쇄 발행

지은이 헤르만 헤세
옮긴이 더페이지
발행인 손건
편집기획 김미정
마케팅 최관호
디자인 김정희
제작 최승용
인쇄 선경프린테크
이미지 www.shutterstock.com

발행처 열린문학
주소 서울시 영등포구 영신로 34길 19
등록번호 제 312 - 2006 - 00060호
전화 02) 2636 - 0895
팩스 02) 2636 - 0896
이메일 elancom@naver.com

ISBN 979-11-7142-084-1 03850

*열린문학은 LanCom의 문학 · 인문 브랜드입니다.

데미안
DEMIAN

헤르만 헤세 지음 + 더페이지 옮김

열린
문학

새는 알을 깨고 나온다.
알은 세계다.
태어나려는 자는 하나의 세계를 깨뜨려야 한다.
새는 신에게로 날아간다.
신의 이름은 아프락사스다.

| 차 례 |

나는 그저 진정한 나의 내면에서 우러나오는 명령에 따라 살고자 했다. 그것이 왜 그다지도 힘겨웠을까?

내 이야기를 하자면 아주 오래전 일부터 시작해야 한다. 할 수만 있다면 내 유년의 맨 처음으로, 아니 그보다 훨씬 더 예전의 아득한 조상의 시대로 거슬러 올라가야 할 것이다.

소설가들은 자기가 마치 하느님이라도 되는 것처럼, 누군가의 일생을 샅샅이 꿰뚫어, 핵심을 하나도 놓치지 않고 독자들 앞에 펼쳐놓을 것처럼 군다. 그러나 나는 그럴 수 없다. 사실 다른 소설가들도 아마 마찬가지일 것이다.

나의 이야기는 다른 모든 소설가들에게 자기 작품이 소중한 것보다 더 소중하다. 왜냐하면 이것은 나 자신의 이야기이고, 한 인간의 이야기이기 때문이다. 가공의 인물이나 있음직한 인물, 이상적인 어떤 인간의 이야기가 아니라, 실제로 살아 있는 독특한 인간의 이야기이기 때문이다.

실제로 살아 있는 인간이란 무엇인가! 오늘날 그 의미는 확실히 옛날보다 애매하다. 자연의 단 한 번의 귀중한 시도인 한 사람 한 사람을, 오늘날엔 무더기로 학살하는 형편이 아닌가! 우리가 유일한 존재로서의 인간 이상이 아니라면, 그리고 단 한 방의 총알로 이 세상에서 완전히 말살되고 마는 존재라면, 이 이야기를 쓰는 것은 무의미한 일이다.

그러나 인간은 누구나 자기 이상이다. 두 번 다시 되풀이되지 않는 모습으로 교차하는 단 하나의 특수한 점으로서, 어떠한 경우에도 인간은 중요하고 주목할 만한 존재인 것이다. 그러므로 어떤 인간의 이야기라도 살아서 자연의 뜻을 실현하고 있다는 점에서 경이로운 것이며 관심을 가질만한 것이다. 누구든, 살아 있는 모든 영혼은 고뇌하며, 그 속에 하나의 구세주가 십자가에 매달리기 때문이다.

오늘날 인간이 무엇인지 알고 있는 사람은 거의 없지만, 인간이 무엇인지 느끼기는 한다. 그 덕분에 편안하게 죽을 수 있는 것이다. 이 이야기를 다 쓰고 나면 나도 아마 더욱 편안하게 이 세상을 떠날 수 있을 것처럼.

나는 나 자신을 '깨달은 사람'이라고 말할 수 없다. 나는 언제나 구도자였고 지금도 그렇다. 그러나 이제 나는 별이나 책 속에서 길을 찾지는 않는다. 나의 피가 속삭이는 가르침에 귀를 기울이기 시작한 것이다. 내 이야기는 유쾌하지 않다. 꾸며낸 이야기들처럼 달콤하지도, 조화롭지도 않다. 이제 더는 자신을 속이지 않겠다고 결심한 모든 사람의 삶이 그러하듯이, 나의 이야기는 부조리와 혼돈, 광기와 몽상의 맛을 풍긴다.

인간의 일생이라는 것은 결국 자기 자신에 도달하기 위한 여정이다. 그것은 크고 넓은 길이 될 수도 있고, 작고 좁은 오솔길의 암시로 그치기도 할 것이다. 이제껏 그 누구도 완전히 자기 자신이 되어본 적은 없었다. 하지만 그것을 의식하고 있는 경우와 그렇지 않은 경우의 구별은 있을지라도, 누구나 그 나름대로는 힘껏 노력을 하고 있는 것이다.

인간은 누구든 출생의 잔재, 인류가 발생한 태고의 점액과 알껍데기를 죽을 때까지 뗄 수 없다. 끝내 인간이 되지 못하고 개구리나 도마뱀, 개미 따위의 단계에서 죽는 사람도 있고, 머리는 사람이지만 몸뚱이는 물고기인 사람도 있다. 그러나 근본적으로 모든 인간은 인간이 되도록 만들어진 것이다.

우리는 모두 같은 태생이다. 같은 어머니, 같은 협곡, 같은 심연에서 던져진 시도이다. 인간 각자는 자기 나름의 목표를 향해 달려간다. 우리는 서로 이해한다고 말하지만, 자신을 오롯이 이해할 수 있는 것은 자기 자신뿐이다.

1.
두 개의 세계

열 살 무렵 나는 작은 도시에 살았고 라틴어 학교에 다니고 있었다. 그때 생각을 하면 온갖 냄새가 생생하게 풍겨와, 아프도록 슬픈 느낌, 기분 좋은 전율이 마음 깊은 곳으로부터 나를 뒤흔든다.

어두컴컴한 골목, 밝은 색깔의 집들과 탑, 시계 소리, 얼굴들, 따뜻하고 편안한 위안으로 가득 찬 방들, 유령에 대한 공포와 비밀로 가득 찬 방들, 집토끼며 하녀들, 상비약과 말린 과일 향기. 그곳에는 두 개의 세계가 뒤섞여 있었다. 그리고 그 두 개의 극에서 낮이 오고 밤이 왔다.

하나는 우리 집이었다. 거의 모든 면에서 나에게 아주 익숙했던 그 아주 작은 세계는 바로 아버지와 어머니였고, 사랑과 엄격함이었으며, 모범과 교훈이었다. 이 세계에는 부드러운 빛과 명확함, 그리고 깨끗함이 속해 있었고, 친절하고 정다운 대화와 말끔한 손, 깨끗한 옷과 훌륭한 예절이 깃들어 있었다. 아침에 찬송가 소리가 들리는 곳도, 크리스마스를 축하하는 파티가 열리는 곳도 이곳이었다. 이 세계 속에는 미래로 이끄는 곧은 선과 길이 있었다. 의무와 책임, 양심의 가책과 참회, 용서와 선한 원칙들, 사랑과 존경, 성경 말씀과 예지가 있었다. 밝고 깨끗하고 아름답고 정돈된 생활을 원한다면 이 세계에서 찾아야만 했을 것이다.

그러나 어느새 또 다른 세계가 우리 집 한가운데에서 이미 시작되고 있었다. 그것은 전혀 다른 세계였다. 냄새도 말투도 약속도 요구도 다 달랐다. 하녀들과 직공들, 유령 이야기와 스캔들이 있었고, 도살장, 교도소, 주정꾼, 욕지거리하는 아낙네와 새끼를 낳는 암소, 쓰러진 말, 강도, 살인과 자살 같은 무시무시하면서도 어쩐지 마음이 끌리는 일들과, 아무리 생각해도 알 수 없는 수수께끼 같은 일들이 다채롭게 뒤섞여 있었다. 놀랍고 거칠고 잔혹한 사건들이 주위에서, 가까운 골목에서, 이웃집에서 일어났다. 경찰은 부랑자를 쫓아 달리고, 술주정뱅이는 자기 아내를 때렸다. 저녁이 되면 젊은 여자들의 무리가 공장에서 쏟아져 나왔고, 어떤 할머니는 사람에게 마술을 걸어 병에 걸리게 했으며, 숲에는 도적들이 살고 있었다. 방화범이 경찰에 체포되기도 했다.

이 강렬한 세계는 사방에서 시도 때도 없이 솟구쳐 나오며 악취를 풍겼다. 단 한 곳, 우리 아버지와 어머니가 계시는 곳만 빼고. 그것은 정말 고마운 일이었다. 우리 집에 평화와 질서와 휴식, 그리고 의무와 선량한 양심과 용서와 사랑이 있다는 것은 정말 멋진 일이었다. 그러나 전혀 다른 세계, 온갖 소란과 번지르르한 것들, 암흑과 폭력이 존재하는 것도 멋진 일이었다. 게다가 그런 세계에서 어머니에게로 단숨에 도망칠 수 있다는 것은 얼마나 매력적인지 몰랐다.

무엇보다 신기한 일은, 이 두 세계가 서로 맞닿아 있으며 아주 가까이 공존하고 있다는 사실이었다. 예를 들면 우리 집 하녀 리나는, 저녁 기도 시간에 거실 문 옆에 앉아, 씻은 두 손을 매끈하게 다린 앞치마 위에 놓고 맑은 목소리로 노래를 부를 때는 완전히 아버지와 어머니, 우리의 밝고 옳은 세계에 속해 있었다. 그러나 나에게 부엌이나 마구간에서 머리 없는 난쟁이 이야기를 해 줄 때나, 비좁은 푸줏간에서 이웃 아낙네와 말다툼을 할 때면 그녀는 전혀 다른 사람이었고, 다른 세계에 속했으며, 비밀에 둘러싸이는 것이었다. 사실 누구나 다 그런 식이었다. 그리고 가장 심한 것은 나 자신이었다.

확실히 나는 내 부모님의 밝고 올바른 세계에 속해 있었다. 그러나 내 눈과 귀가 향하는 곳 어디에나 다른 세계가 존재했다. 때로 낯설고 불쾌한 느낌도 들었고, 어김없이 양심의 가책과 불안을 느꼈지만, 나는 다른 세계에 사는 사람이었다. 심지어 나는 금지된 세계 속에 사는 것을 아주 좋아하기까지 했으며, 밝은 세계로 돌아오는 것이, 필요하고 옳은 일인 줄 알면서도, 어쩐지 따분하고 멋없고 황량한 곳으로 돌아오는 것 같았다.

물론 나의 인생 목표가 아버지나 어머니처럼 그렇게 밝고 깨끗하고, 뛰어나고, 정돈되는 데 있다는 것을 알고 있었지만, 거기까지 이르는 길은 너무나 멀었다.

학교에 다녀야 했고, 공부해야 했으며, 시험을 치러야 했다. 게다가 그 길은 항상 어두운 세계의 옆을 지나, 때로는 그 어두운 세계를 뚫고 가야만 했기 때문에 그 세계 속에 침몰할 가능성도 없지 않았다. 그런 꼴이 된 탕아들의 이야기는 얼마든지 있었고 나는 열심히 그것들을 읽었다. 그런 종류의 이야기는 늘 탕아가 아버지에게로, 선에게로 돌아가 구원 받는 것으로 끝난다.

그렇게 하는 것이 올바른 일이고, 훌륭한 행동이라는 것을 나도 절실하게 느끼기는 했지만, 그래도 내 마음을 사로잡는 것은 언제나 악당이나 탕아들이 활약하는 부분이었다. 솔직히 집나간 아들이 마음을 고쳐먹고 올바른 길로 되돌아오다니 정말 안타까울 때도 있었다. 그러나 그런 일은 생각조차 금지된 일이었으므로 절대로 입 밖에 내지 않았고, 그저 막연한 예감으로, 가능성으로 감정의 밑바닥에 가라앉아 있었다.

악마라면, 놈이 변장을 했든 정체를 드러냈든, 변두리 골목이나 시장, 술집에 있는 모습을 생생하게 떠올릴 수 있었지만 설마 그게 우리 집에 있으리라고는 절대로 상상할 수 없었으니까.

누나들 역시 밝은 세계에 속한 사람들이었다. 그들은 본질적으로 아버지와 어머니에 가까웠다. 나보다 착하고 예의 바르고, 결점이 전혀 없는 것은 아니지만 나만큼 뿌리 깊지 않았으며, 어두운 세계에 훨씬 가까이 살면서 때로 악과의 접촉이 그토록 무겁고 고통스러웠던 나와는 아주 달랐다.

누나들은 부모님처럼 아낌과 존경을 받아야 할 사람들이었다. 그들과 다투고 난 뒤에도 양심에 비추어 보면 언제나 나쁜 놈은 나였고 용서를 받아야 할 사람도 나였다. 누나들을 모욕하는 것은 곧 부모님과 선과 율법을 모욕하는 것이었기 때문이다.

나에게는 길거리의 부랑아라면 몰라도 누나들에게는 절대로 말할 수 없는 비밀도 있었다. 양심에 거리낌 없이 기분 좋은 날, 착하고 얌전한 아이가 되어 누나들과 놀고 있는, 고귀하고 기품 있는 자신의 모습을 바라보는 것은 값진 일이었다. 천사라면 마땅히 그래야 했다. 천사는 우리가 알고 있는 최고의 것이었고, 크리스마스나 행복 같은 밝은 음향과 향기에 둘러싸이는 것이었으며, 우리에게 늘 감미롭고 놀라운 것이었으므로.

그러나 그런 시간은 드물었다. 놀다가도 나는, 누나들의 악의 없는 장난에 극성스럽게 화를 냈고, 말다툼을 하다가 분노가 치밀어 오르면 지독한 소리를 해댔다. 그러나 그런 순간에도 나는 너무 심하다는 것을 알고 있었고, 어김없이 후회와 자책의 어두운 시간이 지나면, 용서를 비는 슬프고 고통스러운 순간이 왔다. 그리고 다시 밝고 조용하고 고마운 행복이 얼마간, 혹은 몇 시간 찾아오는 것이었다.

나는 라틴어 학교에 다니고 있었다. 나와 같은 반이었던 시장의 아들과 산림 감독관의 아들이 가끔 우리 집에 놀러 왔다. 장난꾸러기들이었지만 선량하고 허락된 세계에 속하는 친구들이었다. 나는 이웃 아이들과도 사이좋게 지내고 있었는데 그들은 평소에 우리가 우습게 여기는 공립학교에 다니는 아이들이었다. 그들 가운데 한 아이로부터 이 이야기는 시작된다.

열 살 무렵의 어느 날 오후였다. 학교를 마치고 돌아와서 이웃 아이들과 놀고 있는데 키 크고, 힘세고, 거칠게 생긴 소년이 끼어들었다. 거칠고 난폭한 열세 살 소년으로 양복점 아들이었다.

그의 아버지는 주정뱅이였고, 전체적으로 평판이 좋지 않은 집안이었다. 나는 프란츠 크로머를 잘 알고 있었기 때문에 그가 우리 사이에 끼어들었을 때 두려운 기분이 들었다. 그는 젊은 공장 직공의 걸음걸이와 말투를 흉내 내며 벌써 어른처럼 굴었다.

그의 지휘를 받으며 우리는 다리 끝에서 기슭으로 내려가, 사람들의 눈을 피해 첫 번째 다리 기둥 옆에 숨었다. 아치형 다리의 벽과 완만하게 흐르는 강물 사이에 있는 좁은 강기슭에는 각종 쓰레기, 유리 조각, 잡다한 고물, 녹슨 철사 줄이 뒤엉킨 뭉치들이 쌓여 있었고, 아직 쓸 만한 물건들도 꽤 있었다.

우리는 프란츠 크로머가 시키는 대로 그 일대를 샅샅이 뒤져 발견한 것을 그에게 보여주었다. 그러면 그는 그것을 받아 주머니에 넣거나, 강물에 던져버렸다. 그는 우리에게 납이나 놋쇠, 아연으로 된 물건이 있는지 잘 보라고 명령했다. 그는 그 모든 것, 뿔로 된 빗까지도 받아 넣었다. 나는 그와 함께 있는 것이 꺼림칙했다. 아버지가 교제를 금지할 아이라서가 아니라, 프란츠가 무서웠기 때문이다.

그러나 한편으로는 그가 나를 한패로 인정하고 다른 아이들과 똑같이 대해 주는 것이 기쁘기도 했다. 그는 명령했고 우리는 마치 오랜 습관처럼 그에게 복종했다.

일을 마치고 우리는 땅바닥에 앉았다. 프란츠는 강물에 침을 뱉었다. 잇새로 침을 뱉어 원하는 곳에 명중시키는 것이 진짜 어른 같았다. 이야기가 시작되자 아이들은 나쁜 장난을 초등학생답게 부풀려서 무슨 큰일이나 해낸 것처럼 뽐냈다. 나는 잠자코 있었지만, 나의 침묵이 크로머를 화나게 할까 겁이 났다. 나의 두 친구는 그에게 찰싹 붙어 있었다. 그들 속에서 나는 이방인이었다. 나는 나의 옷과 행동이 그들에게 도전적이라는 것을 알고 있었다. 프란츠가 라틴어 학교 학생이며 상류층 아이인 나를 좋아할 리 없었고, 다른 아이들도 여차하면 나를 배반할 것이었다.

불안에 쫓겨서 나는 결국 이야기를 시작했다. 나는 어마어마한 도둑질 이야기를 꾸며냈다. 모퉁이 물방앗간 옆에 있는 과수원에서 친구들과 사과를 한 자루 가득, 그것도 보통 사과가 아니라 최고의 품종인 레네트 종과 황금색의 파르메네 종으로만 훔쳤다고 말했다.

순간적인 위험에서 이야기 속으로 도피한 것이다. 이야기를 빨리 끝내면 더 곤란해질 수도 있다는 생각에 나는 온갖 노력을 다해서 이야기를 꾸몄다. 말이 술술 흘러나왔다. 친구가 망을 보는 동안 나는 나무에 올라가 사과를 가방에 던져 자루를 가득 채웠다. 그러나 너무 무거워서 우리는 결국 절반만 가져왔지만, 반시간 뒤에 다시 돌아가서 나머지 반도 가져왔다.

이야기를 하다 보니 스스로 도취해서 이야기에 열을 올렸다. 아이들의 감탄사를 기대했지만 뜻밖에도 두 아이는 아무 말 없이 프란츠의 말을 기다릴 뿐이었다. 프란츠 크로머는 실눈을 뜨고 나를 뚫어져라 쳐다보더니, 위협적인 목소리로 물었다.

"정말이냐?"

"물론이지." 내가 대답했다.

"그러니까 정말로 그랬단 말이지?"

"정말이라니까. 사실이야."

속으로는 무서워서 숨이 막힐 지경이었지만 나는 고집스럽게 말했다.

"맹세할 수 있니?"

나는 깜짝 놀랐지만 얼른 고개를 끄덕였다.

"그럼 이렇게 말해봐. 하느님과 영혼의 행복에 맹세코!"

"하느님과 영혼의 행복에 맹세코!"

"좋아." 프란츠는 고개를 돌렸다.

나는 이것으로 모든 것이 잘 되었다고 생각했다. 그가 자리에서 일어났다. 나는 집으로 돌아갈 수 있게 된 것이 무척 기뻤다. 다리 위로 올라왔을 때 나는 이제 집에 가야 한다고 소심하게 말했다.

"서두를 거 없어. 어차피 같은 길로 가니까." 프란츠가 웃으며 말했다.

그는 천천히 건들거리며 걸었고 나는 감히 빠져나오지 못했다. 그는 정말로 우리 집을 향해 걷고 있었다. 우리 집 문과 뭉툭한 놋쇠 손잡이, 햇살 가득한 창문들과 어머니 방 창문의 커튼이 보였다. 마음이 놓였다. 돌아왔구나! 밝은 세계로, 티 없이 평화로운 세계로 마침내 돌아왔구나!

나는 재빨리 안으로 들어가 문을 닫으려 했지만 프란츠 크로머가 후다닥 뛰어들었다. 저쪽 안마당에서만 빛이 들어오는 차갑고 어두운 타일 복도에서 그는 내 팔을 붙들고 나직하게 말했다.

"그렇게 서둘지 말랬지."

나는 깜짝 놀라서 그를 쳐다보았다. 내 팔을 움켜쥐고 있는 손이 쇠처럼 단단했다. 나는 그가 무슨 생각을 하는지, 나에게 무슨 못된 짓을 할 것인지, 내가 지금 소리를 지르면 누가 위층에서 재빨리 달려올지 생각했다. 그러나 나는 포기했다.

"왜? 무슨 일이야?"하고 나는 물었다.

"별거 아니야. 그냥 너한테 물어볼 게 있는데, 다른 애들이 들을 필요는 없는 거라서 말이지."

"그게 뭔데? 얼른 들어가야 해. 알지?"

"너, 모퉁이 물방앗간 옆 과수원이 누구네 것인지 알아?" 프란츠가 물었다.

"아니, 몰라, 물방앗간 집 것이겠지."

프란츠가 한쪽 팔로 나를 휘어감아 확 끌어당겼기 때문에 나는 바로 코앞에서 그의 얼굴을 바라보아야만 했다. 그의 두 눈에는 악의가 번득였고, 고약한 미소에는 잔인하고 강력한 힘이 넘쳤다.

"꼬마야, 그 과수원이 누구네 것인지 말해줄까? 사과를 도둑맞았다는 얘기는 벌써 오래전에 들었어. 사과를 훔쳐간 놈이 누군지 알려주면 주인이 2마르크를 준다고 했다고."

"뭐! 설마 이르려는 건 아니지?"하고 나는 외쳤다.

나는 그의 명예심에 호소해봤자 소용없다는 것을 곧바로 느꼈다. 그는 다른 세계에 속해 있었으며, 그에게 배신은 죄도 아니었다. 다른 세계의 사람들은 우리와 같지 않다는 것을 그때 나는 똑똑히 느꼈다. 크로머는 웃음을 터뜨렸다.

"이르지 말라고? 꼬마야! 나는 가난한 놈이야. 내가 돈을 만들어 내는 것도 아니고, 너처럼 부자 아버지도 없어. 2마르크를 벌 기회가 흔한 것도 아니고, 어쩌면 더 줄지도 몰라."

그는 갑자기 나를 놓았다. 우리 집은 이제 평화로운 안전지대가 아니었고, 온 세상이 내 주위에서 산산이 깨져 흩어지고 있었다. 그가 나를 밀고하면 사람들은 이 사실을 아버지에게 말할 것이고, 어쩌면 경찰이 올지도 모른다. 무질서와 혼돈의 공포가 나를 위협하며 몰려들었다. 진실이야 어떻든 나는 맹세까지 했으니, 아, 이제 어떡하지!

눈물이 났다. 벗어날 수만 있다면 무슨 대가라도 치를 터였다. 나는 절망적으로 주머니를 뒤졌다. 사과 하나, 주머니칼 하나도 잡히지 않았다. 아참, 시계! 늘 갖고 다니던 고장 난 낡은 시계가 떠올랐다. 할머니의 유품이었다. 나는 재빨리 시계를 꺼내 들고 크로머에게 말했다.

"크로머…… 내 시계를 줄게. 미안하지만 지금은 그것밖에 없어. 그래도 은으로 만든 거야. 고장 났지만 고치면 아주 좋은 거야."

그는 히죽 웃으면서 그 커다란 손으로 시계를 받았다. 나는 그 난폭하고 적의에 찬 손에 나의 일생과 평화가 억세게 움켜잡히는 것을 느꼈다.

"은으로 된 거야." 나는 쭈뼛쭈뼛 말했다.

"은이고 뭐고 고물 시계 따위는 너나 가서 고쳐."

나는 그가 가버릴까 봐 불안에 떨면서 외쳤다.

"하지만 프란츠, 잠깐만! 제발 이 시계를 받아. 이거 진짜 은이란 말이야. 지금 갖고 있는 게 그것밖에 없어서 그래."

그는 차갑게 경멸하는 눈초리로 나를 바라보았다.

"내가 어디로 갈지 알지? 나는 경찰에 갈 수도 있어. 잘 아는 경찰이 있으니까."

그는 나가려고 몸을 돌렸다. 나는 그의 소매를 붙잡았다. 그건 절대 안 될 일이었다. 그런 일을 겪을 바에는 차라리 죽어버리는 것이 나았다. 나는 너무 흥분해서 쉰 목소리로 애원했다.

"프란츠, 제발 그러지 마! 농담이지? 그렇지?"

"그래, 농담이야. 하지만 대신 너는 굉장히 비싼 대가를 치러야 할 걸."

"괜찮아, 프란츠! 내가 뭘 해야 되는지 말만 해. 뭐든지 할게."

그는 실눈을 뜨고 나를 물끄러미 살펴보더니 히죽 웃었다. 마음씨 좋은 사람인 척하며 그가 말했다.

"머리를 좀 써라. 나는 지금 2마르크를 벌 수 있는데, 그걸 마다할 정도로 부자가 아니야. 하지만 넌 부자야. 시계도 있잖아. 나에게 2마르크만 주면 그걸로 다 끝나는 거야."

무슨 소린지 납득하고도 남았지만 2마르크라니! 그것은 내가 마련할 수 없는 큰돈이라는 점에서 10마르크나 백 마르크, 천 마르크와 다를 바가 없었다. 나는 돈이라곤 한 푼도 없었다. 어머니 방에 벙어리저금통이 있긴 했지만, 아저씨가 오셨을 때 받은 10페니히 동전과 50페니히 동전 몇 개가 들어 있을 뿐이었다. 나는 아직 용돈을 받을 나이가 아니었던 것이다. 나는 슬프게 말했다.

"돈은 정말 없어. 돈 말고는 뭐든지 줄게. 인디언 책도 있고, 장난감 병정도 있고, 그래, 컴퍼스도 있어. 그걸 줄게."

크로머는 거만하고 심술궂게 입을 씰룩거리더니 땅에 침을 뱉고 나서 명령하듯이 말했다.

"그따위 고물딱지는 너나 가져. 컴퍼스라고? 나 참 기가 막혀서. 약 올리지 말고 돈이나 가져와. 알겠어?"

"하지만 돈은 없다니까. 구할 데도 없고."

"내일 2마르크를 가져와. 학교 끝난 다음에 저 아래 시장에서 기다릴게. 얘기 끝! 돈을 갖고 오지 않으면 어떻게 되는지 알지!"

"하지만 어디서 돈을 구해?"

"그건 네 사정이야. 돈은 너희 집에 얼마든지 있잖아. 내일 만나자. 분명히 말하는데, 만약 안 가지고 오면……."

그는 무서운 눈으로 나를 노려보더니 다시 한 번 침을 뱉고는 그림자처럼 사라졌다.

나는 2층으로 올라갈 용기가 나지 않았다. 나의 생활은 산산이 파괴된 것이다. 이대로 집을 나가버릴까, 아니면 물에 빠져 죽을까 생각했지만 어느 것도 뚜렷한 것은 아니었다. 나는 어두운 맨 아래 계단 위에 웅크리고 앉아 불행에 몸을 맡겼다. 바구니를 들고 장작을 가지러 가던 리나가 울고 있는 나를 발견했다.

나는 리나에게 아무 말도 하지 말라고 부탁한 다음, 계단을 올라갔다. 유리문 오른쪽에 아버지의 모자와 어머니의 양산이 걸려 있었다. 이 사소한 것에서조차 그리움과 사랑이 나에게 홍수처럼 쏟아졌다. 방탕한 아들이 돌아와, 변함없이 그대로인 옛 고향집의 방 하나하나를 눈여겨보면서 그 냄새를 들이마시는 것처럼, 내 마음은 감사와 사랑으로 그런 물건들에 인사를 건네는 것이었다. 그러나 이제 그 밝은 세계는 아버지와 어머니의 것일 뿐, 나에게는 속하지 않았다. 깊은 죄로 가득 찬 낯선 물결 속에 가라앉은 채 적으로부터 위협을 받고 있는 나를 기다리는 것은 위험과 불안과 치욕뿐이었다.

모자와 양산, 훌륭한 사암 바닥, 현관에 걸려 있는 커다란 그림, 그리고 거실에서 들려오는 누나들의 목소리, 이 모든 것들이 지금보다 더 그립고 사랑스럽고 소중하게 느껴진 적은 없었다. 그러나 이제 그 모든 것은 나에게 더 이상 위안이 되지 못했고 의지할 수 있는 대상도 아니었으며, 단지 비난일 뿐이었다. 나는 이제 그 밝음과 평온함에 참여할 수 없었다. 나의 발에는 털어버릴 수 없는 진흙이, 이 따뜻한 세계와는 아무 관련도 없는 어두운 그림자가 묻어 있었다.

내가 그동안 얼마나 많은 비밀을 가졌든, 얼마나 많은 공포를 가졌든, 오늘 이 방에 갖고 온 것에 비하면 장난이었고, 농담이었다. 불행이 내 뒤를 바짝 따라다니며 손을 내밀었다. 그 손 앞에서는 어머니도 나를 보호할 수 없었고, 어머니가 알아서도 안 될 일이었다.

나의 죄가 도둑질이건 거짓말이건, 나는 하느님과 영혼의 행복을 걸고 맹세를 했으니 그것은 마찬가지였다. 나의 죄는 무엇보다도 내가 악마에게 손을 내밀었다는 것이었다.

왜 나는 아버지에게 복종한 것보다 더 순순히 크로머에게 복종했을까? 왜 나는 도둑질 따위 이야기를 꾸며냈을까? 왜 나는 영웅적 행위라도 되는 것처럼 그런 범죄를 뽐냈을까? 그때부터 나는 악마의 손을 잡은 것이었고 원수가 내 뒤를 따라붙게 된 것이었다.

잠시나마 나는 내일 약속 따위는 조금도 두렵지 않다는 생각이 들었다. 이렇게 된 이상 내가 가는 길은 오로지 내리막길뿐이고, 저 아래로, 어둠의 세계로 빠져들게 되었다는 무시무시한 확신을 느꼈던 것이다. 나의 잘못은 또 다른 잘못을 부르게 될 것이었다. 누나들 앞에서 아무렇지 않은 척하고, 부모님에게 거짓 인사와 키스를 하고, 나의 내부에 숨어 있는 또 다른 운명과 비밀을 지니고 다녀야 한다는 것을 나는 분명하게 느꼈다.

아버지의 모자를 바라보는 동안 잠시나마 신뢰와 희망이 솟아올랐다. 아버지에게 모든 것을 고백하고, 그의 심판과 형벌을 받는 것으로 구원을 얻을 수 있지 않을까? 그러면 전에도 그랬던 것처럼 그저 무겁고 마음 아픈 시간과 뉘우치며 용서를 비는 슬픔을 견디는 것에 불과한 것이 될 수도 있지 않을까?

희망은 감미로운 울림으로 나를 유혹했다. 그러나 소용없는 일이라고 나는 마음을 고쳐먹었다. 내가 그렇게 하지 않을 것을 알고 있었다. 나는 비밀을 가졌으며, 나 혼자 해결해야 할 죄를 갖고 있다는 것을 알고 있었다. 나는 기로에 서 있는 것이 확실했다. 이 시간부터 나는 어쩌면 영원히 악의 세계에 속한 채, 악한 자들과 비밀을 나누고, 그들에게 종속되고, 그들에게 복종하며 그들과 똑같이 될지도 몰랐다. 어른인 척하고 영웅 행세를 한 결과를 스스로 책임져야만 하는 것이었다.

안으로 들어갔을 때 아버지가 내 젖은 신발에 대해 꾸중한 것은 나에게는 오히려 잘된 일이었다. 덕분에 아버지는 더 중요한 일을 눈치 채지 못했고, 나는 더 나쁜 일로 꾸중 듣는 셈치고 아버지의 꾸중을 참을 수가 있었기 때문이었다.

그때 내 마음속에서 이상야릇한 감정이 솟구쳤다. 내가 아버지보다 우월하다는 느낌, 반항적이고 악랄하면서도 예리한 감정이었다. 나는 아버지가 아무 눈치도 못 채고 고작 젖은 신발을 꾸중하는 것에 일종의 경멸감을 느꼈다.

'만약 아버지가 그 사실을 아신다면!' 하고 나는 생각했다. 그러자 살인자가 빵 하나를 훔친 것으로 조사를 받는 것처럼 느껴졌다. 천박하고 추한 느낌이었지만, 그것은 강렬하고도 매혹적이었으며, 더욱 단단하게 나를 비밀과 죄에 묶었다. 어쩌면 지금쯤 크로머는 경찰서에 가서 나를 고발하고 있을지도 몰랐다. 천둥 번개가 이미 내 머리 위로 닥쳐오고 있는데 가족들은 여전히 나를 어린애처럼 보고 있다고 나는 생각했다.

지금까지의 이야기 가운데 이 순간이 가장 중요한 순간이다. 그것은 성스러운 아버지의 세계에 생긴 최초의 틈이었고, 나의 어린 시절을 떠받치고 있던, 누구든 자신이 되기 위해서는 깨뜨려야만 하는 커다란 기둥에 찍힌 최초의 칼자국이었다. 우리 운명의 내적이고 본질적인 선은 아무도 보지 못한 이러한 경험으로 이루어진다.

그런 칼자국과 틈은 사는 동안 끊임없이 생성되고 아물고 잊히지만, 마음 속 가장 깊은 곳에서는 옛 상처 그대로 남아 계속 피를 흘리는 것이다.

나는 곧 그 새로운 감정에 대해 공포를 느꼈다. 나는 사죄할 수만 있다면 엎드려서 아버지의 발에 키스라도 하고 싶을 지경이었다. 그러나 본질적인 것은 사죄할 수 있는 것이 아니다. 그것은 어린 아이들도 직감적으로 느끼고 현자처럼 깊이 알고 있는 것이다.

나는 내 문제를 곰곰이 생각해 보고 내일에 대한 대비책을 궁리해야 했지만 그럴 여유가 없었다. 그날 저녁 내내 우리 집 거실의 달라진 공기에 익숙해지느라 여념이 없었던 것이다. 벽시계와 책장, 성경과 거울, 책꽂이와 벽화는 마치 나에게 이별을 고하는 것 같았다. 나는 심장이 얼어붙는 느낌으로 나의 세계가, 아름답고 행복했던 나의 삶이 과거의 것이 되어, 나에게서 떨어져나가는 것을 바라보았다.

스스로 새로운 뿌리를 내린 어두운 세계, 이질적인 세계에서 이제 빠져나올 수 없게 되었다는 것을 느끼면서 처음으로 나는 죽음을 맛보았다. 그 죽음의 맛은 씁쓸했다. 왜냐하면 죽음은 탄생이고, 새 삶에 대한 두려움이었으며, 근심 걱정이었기 때문이다.

마침내 침대에 누웠다. 기뻤다. 저녁 기도가 조금 전에 마지막 시련처럼 내 몸을 휩쓸고 지나갔던 것이다. 가족들은 내가 가장 좋아하는 찬송가를 불렀다. 나는 같이 노래 부를 수 없었다. 음 하나하나가 나에게는 쓸개즙이었고 독약이었다. 나는 함께 기도하지 않았다. 아버지가 축복하며 "우리 모두와 함께 하소서!"로 끝맺었을 때, 나는 가족에게서 멀리 떨어져 있었다. 하느님의 은총은 그들 모두와 함께 있으되 나에게는 아니었다. 몹시도 지친 느낌으로 나는 밖으로 나왔다.

침대에 눕자 따뜻한 안도감이 나를 감쌌다. 그러나 어느새 내 마음은 다시 어둠 속에서 지난일의 주위를 불안하게 떠돌았다. 어머니는 언제나처럼 나에게 밤 인사를 했다. 어머니의 발소리가 아직 방안에 남아 있었고, 어머니가 들고 계신 등불 빛이 문틈으로 비쳐 들어왔다.

뭔가 잘못된 것을 느끼고 어머니가 다시 돌아와서 나에게 입 맞추며 친절하게 격려하는 말투로 물으신다면, 그러면 나는 울 수 있고, 내 목에 걸린 응어리가 녹아내려 어머니를 껴안고 사실을 말하리라. 그러면 다 해결될 텐데! 문틈이 어두워진 뒤에도 나는 한 동안 귀를 기울였다. 그런 일이 일어나야 한다고, 꼭 그래야 한다고 생각하면서.

나는 다시 원수의 눈을 보았다. 가늘게 실눈을 뜨고 거칠게 웃고 있는 모습이 또렷하게 떠올라, 내가 피할 수 없는 일을 되씹고 있는 동안에 그는 더욱 커지고 추해졌으며, 눈은 악마처럼 번득였다. 그는 내가 잠들 때까지 내 옆에 꼭 달라붙어 있었다. 그러나 나는 그에 관한 꿈도, 오늘 일에 관한 꿈도 꾸지 않았다. 나는 가족과 함께 보트를 타고 여행하는 꿈을 꾸었는데, 휴일의 평화와 광채가 온통 우리를 둘러싸고 있었다. 한밤중에 잠에서 깼을 때도 그 행복이 그대로 느껴졌고, 햇살에 빛나는 누나들의 하얀 여름옷이 보이는 듯했다. 그러나 느닷없이 낙원에서 현실로 떨어진 내 앞에는 심술궂은 눈을 가진 적이 서 있었다.

아침에 어머니가 급히 오셔서 늦었는데 왜 아직도 누워 있느냐고 외치다가 안색이 좋지 않은 나를 보고, 어디 아프냐고 물으셨다. 나는 약간 토했다. 병이 났을 때,

아침 내내 누워서 카밀레 차를 마시며 어머니가 옆방을 청소하는 소리, 리나가 바깥 현관에서 푸줏간 주인을 맞이하는 소리를 듣는 것은 참 기분 좋은 일이었다. 학교에 가지 않는 오전은 마치 마법이나 동화처럼 매혹적이어서, 방안으로 비쳐드는 햇살도 장난치듯 어른거리는 것이 교실 커튼을 따라 떨어지는 햇살과 달랐다. 그러나 그런 것조차 오늘은 즐겁지 않았고 전과 다른 음조를 띠고 있었다.

차라리 죽었으면! 그러나 나는 가끔 그랬던 것처럼 몸이 조금 아플 뿐이었고, 그 정도로는 아무 소용이 없었다. 학교에는 가지 않아도 됐지만 시장에서 나를 기다리는 크로머를 피할 수는 없었다. 어머니의 친절조차 성가시고 마음 아파서 나는 잠든 척했다. 아무리 생각해도 시장에 가야만 했다. 그래서 나는 10시에 일어나 괜찮아졌다고 말했다. 그런 때는 늘 다시 침대에 눕든지 오후에 학교에 가야 했다. 나는 학교에 가겠다고 말했다. 계획이 있었다. 빈손으로 크로머에게 갈 수는 없었다. 내 작은 저금통으로는 어림도 없지만 한 푼도 없는 것보다는 낫고, 크로머를 달래기라도 해야 했다.

양말 바람으로 살금살금 걸어서 어머니의 책상에서 내 저금통을 꺼내왔다. 마음이 무척 언짢았지만 어제 일만큼 불쾌하지는 않았다. 심장 소리가 목을 졸랐다. 계단 아래에서 저금통이 잠겨 있는 것을 발견했을 때도 심장은 여전히 커다랗게 뛰고 있었다. 저금통을 여는 것은 쉬웠다. 얇은 양은 막대 하나만 잘라 내면 되었다. 그러나 그것을 잡아당겨 찢는 것은 고통스러운 일이었다. 그것으로 이제 나는 진짜 도둑질을 한 것이다. 그때까지 사탕 조각이나 과일을 훔쳐 먹은 일은 있었지만, 비록 내 돈이라 해도 나는 지금 돈을 훔친 것이었다.

나는 내가 다시 크로머에게로, 그의 세계로 한 발짝 다가갔으며, 내가 얼마나 멋지게 실행하고 있는지 깨달았다. 나는 저항했다. 그러나 악마가 나를 데려간다 해도 돌아갈 길이 이젠 없었다. 나는 불안하게 돈을 세어 보았다. 저금통 속에서는 그렇게 꽉 찬 듯이 소리가 났는데 지금 손 안에 든 것은 비참할 정도로 적었다. 65페니히였다. 저금통을 아래층 복도에 감추고, 돈을 꼭 움켜쥐고 집을 나섰다. 이 문을 지나던 지금까지와는 다른 느낌이었다. 2층에서 누가 부를까 봐 걸음을 서둘렀다.

시간은 충분했다. 나는 길을 멀리 돌아 걸었다. 변해버린 도시의 골목을 지나, 아직 본 적이 없는 구름 아래로, 나를 유심히 바라보고 있는 집과 나에게 의심을 품는 사람들을 지나쳤다. 반 친구가 언젠가 가축시장에서 1마르크를 주웠다고 하던 말이 떠올랐다. 신이 기적을 행해서 나도 그런 발견을 할 수 있도록 해주십사고 빌고 싶었지만 나는 빌 자격이 없었다. 저금통은 다시 본래대로 될 수 없으니.

프란츠 크로머는 멀리서 나를 보고도 별 관심 없는 것처럼 아주 천천히 걸어와서는 따라오라고 눈짓한 다음 한 번도 돌아보지 않고 밀짚이 쌓인 좁은 길을 걸어 내려갔다. 다리를 건너 동네 끝에 새로 짓고 있는 집 앞까지 그는 천천히 걸어갔다. 대문도 창문도 없이 벽만 앙상하게 서 있는 상태로 작업이 중단된 것 같았다. 크로머가 주위를 돌아보더니 문 안으로 들어섰다. 나도 뒤따라 들어갔다. 그는 벽 뒤로 가더니 나에게 눈짓을 하고는 손을 내밀었다.

"돈 가지고 왔지?"

그가 싸늘하게 물었다.

나는 주머니에서 동그랗게 움켜쥔 손을 꺼내어 그의 편편한 손바닥에 돈을 놓았다. 그는 마지막 5페니히 짜리 동전이 떨어지는 소리가 채 사라지기도 전에 그것을 다 헤아렸다.

"65 페니히군."

그는 내 얼굴을 바라보았다.

"너무 적다는 건 나도 알아. 그렇지만 그것이 전부야. 나는 더 이상 가진 게 없어."

나는 쭈뼛거리며 말했다.

"나는 네가 똑똑한 줄 알았는데. 신사들 사이에는 질서가 있어야지. 내가 너한테 부당한 돈을 달라는 게 아니잖아. 이따위 동전 따위는 집어치워. 다른 사람은, 누군지 알지? 돈을 깎진 않을 거야. 그 사람한테나 가서 받아야겠다."

그는 부드럽게 타이르는 말씨로 나를 나무랐다.

"돈이 없어서 그래. 그게 내가 저금한 돈 전부야."

"그건 네 사정이라니까. 그렇다고 너를 불행하게 만들 순 없지. 좋아, 빚이 아직 1마르크 35페니히 남은 걸로 하자. 언제 줄 거야?"

"꼭 줄게, 크로머! 지금은 모르겠지만 곧 더 구할 수 있을 거야. 내일 안 되면 모레. 내가 우리 아버지에게 말할 수 없다는 건 너도 알지?"

"그건 나랑 상관없는 일이지만 아무튼 너를 해칠 생각은 없어. 그 돈을 오늘 오전 중에 받을 수도 있었다는 건 너도 알지? 나는 가난해. 너는 좋은 옷을 입었고 점심도 나보다 훨씬 좋은 음식을 먹겠지. 그래도 말하지 않고 좀 기다려 줄게. 모레 오후에 휘파람을 불 테니 그때 꼭 갖다 줘. 내 휘파람 소리 알지?"

그는 내 앞에서 휘파람을 불었다. 전에도 간혹 들어본 소리였다.

"그래. 알았어." 내가 말했다.

그는 우리 둘 사이엔 거래가 있을 뿐, 그 이상은 아무것도 아닌 것처럼 가버렸다.

지금이라도 갑자기 크로머의 휘파람 소리가 들린다면 나는 깜짝 놀랄 것 같다. 그때부터 나는 그 소리를 들었고, 놀 때도, 공부할 때도, 사색할 때도 그 소리는 나를 따라다니며 질질 끌고 다녔고, 나의 운명이 되었다.

따스한 가을 오후에 단풍 든 우리 집 정원에서 노는 게 나는 참 좋았다. 그곳에서 이상한 충동에 이끌려 어린 시절의 놀이를 다시 할 때면 나는 다시 더 어리고, 선량하고, 자유롭고, 죄 없는 어린아이가 되었다. 그러나 크로머의 휘파람 소리는 어김없이 울려와 실마리를 끊고, 상상을 흩어놓았다. 그럴 때마다 나는 그에게 가서, 나를 괴롭히는 자를 따라 더럽고 추한 곳으로 가서 변명을 하고 돈 때문에 경고를 받아야만 했다. 불과 몇 주일이었지만 나에게는 몇 년처럼 긴 시간이었다.

가끔 나는 조리대 위에 놓인 리나의 시장바구니에서 5페니히나 1그로쉔짜리 은화를 훔쳐서 크로머에게 주었다. 그럴 때마다 크로머는 나를 나무라며 욕을 퍼부었다. 나는 그를 속이는 사람이었고, 그의 훌륭한 권리를 빼앗는 사람이었고, 그를 불행하게 만드는 사람이었다. 살면서 그토록 고통스럽고 절망적이고 굴욕적인 때는 없었다.

나는 저금통을 장난감 돈으로 채워서 제자리에 돌려놓았다. 아무도 묻지 않았지만 언제 발각될지 몰랐다. 어머니가 조용히 나에게 걸어오실 때면, 혹시 저금통 얘기인가 싫어서, 크로머의 야성적인 휘파람 소리보다 어머니를 더욱 두려워하기까지 했다.

돈 없이 그 악마 앞에 나타나는 일이 여러 번 반복되자 그는 나를 다른 방식으로 괴롭히고 이용하기 시작했다. 자기 아버지 심부름을 대신 하게 하거나, 10분간 외발 뛰기를 하게 하거나, 길 가는 사람의 웃옷에 종이쪽지를 붙이게 했다.

꿈속에서도 이 괴롭힘은 계속되었고 그럴 때마다 나는 가위에 눌려 진땀을 흘리곤 했다.

한동안 나는 아팠다. 자주 토했고 걸핏하면 오한이 났으며, 밤에는 땀과 열에 휩싸였다. 어머니는 뭔가 잘못됐다고 느끼셨는지 나에게 많은 관심을 기울이셨는데 그것 또한 나를 괴롭혔다. 내가 어머니의 관심에 신뢰로 보답할 수 없었기 때문이었다.

어느 날 저녁, 내가 잠자리에 들었을 때 어머니는 초콜릿을 가져왔다. 그것은 내가 하루 종일 착하게 굴면 잠잘 때 상으로 과자를 받았던 일을 기억나게 했다. 어머니가 나에게 초콜릿을 내밀었다. 나는 마음이 너무 괴로웠기 때문에 겨우 머리를 흔들 수 있을 뿐이었다.

어머니는 어디가 아프냐고 물으면서 내 머리를 쓰다듬었다.

"싫어요. 아무것도 먹고 싶지 않아요."

나는 이렇게 소리쳤다.

어머니는 초콜릿을 침대 곁탁자 위에 놓고 나가셨다. 이튿날 아침에 어머니가 그 일에 관해 물었을 때, 나는 아무것도 기억나지 않는 척했다. 어느 날 어머니가 의사를 불러왔다. 그는 진찰을 하고는 나에게 아침마다 냉수욕을 하도록 지시했다.

그것은 일종의 정신착란이었다. 우리 집의 정돈된 평화 속에서 나는 겁에 질린 채 고통 속에서 유령처럼 살았고, 다른 식구의 생활에 참여하지 못했으며, 한 시도 나를 잊고 지내지 못했다. 때때로 울화통을 터뜨리며 대체 무슨 일이 있는 거냐고 캐묻는 아버지에 대해서 나는 냉정하게 마음을 닫아버렸다.

2.
카인

구원은 전혀 생각지도 못한 곳에서 왔다. 그리고 동시에 어떤 새로운 것이 나의 삶 속으로 들어와 오늘날까지도 계속 작용하고 있다.

우리 라틴어 학교에 전학생이 하나 들어왔다 얼마 전에 이사 온 부유한 미망인의 아들로, 옷소매에 검은 띠를 두르고 있었으며, 나보다 한 학년 위였고 나이도 더 많았지만, 모든 사람들이 그랬던 것처럼 나도 곧 그를 주목하게 되었다.

소년다운 데라곤 전혀 없었던 이 유별난 소년은 우리 어린애들 사이에서 어른처럼 성숙해 보였고, 신사처럼 행동했다. 인기가 많은 것은 아니었다. 그는 놀이에 끼지 않았고, 싸움을 하는 일은 더더욱 없었다. 단지 선생님들을 대하는 그의 자신만만하고 확고한 목소리가 다른 학생들의 마음을 끌었다.

그의 이름은 막스 데미안이었다.

우리 학교에서는 간혹 있는 일이지만 어느 날, 무슨 이유에선지 아주 넓은 우리 교실에 또 다른 반이 합석을 했다. 데미안네 반이었다. 우리 하급생들은 성경을 공부했고 상급생들은 작문을 공부했다.

우리가 카인과 아벨에 관한 이야기를 배우고 있는 동안, 나는 독특한 느낌으로 마음을 사로잡는 데미안의 얼굴을 자주 바라보았다. 그는 총명해 보이는 밝고 단호한 얼굴을 주의 깊게 작문 과제 위에 숙이고 있었다. 숙제를 하는 학생이 아니라, 그 자신의 문제를 추구하는 탐구자 같았다.

처음부터 그가 마음에 든 것은 아니었다. 오히려 나는 그에게 거부감을 느꼈었다. 그는 나보다 우월했고 냉정했으며, 그의 태도는 본질적으로 도전적일 만큼 확고했다. 그의 눈은 아이들이 결코 좋아할 수 없는 어른의 표정을 띠고 있었는데, 그 속에는 아주 조금 슬픈 듯 하면서도 장난기가 깃들어 있었다. 그렇지만 좋고 싫고를 떠나서 나는 그를 계속 쳐다보지 않을 수가 없었다. 한 번, 그가 내 쪽으로 시선을 돌렸을 때, 나는 찔끔 놀라 얼른 눈길을 돌려버렸다.

지금 와서 그가 어떤 학생이었는지 생각해 보면, 그는 모든 점에서 다른 애들과 달랐고, 굉장히 특별한 개성이 뚜렷하게 드러나 있었으며, 그것 때문에 두드러지는 학생이었다고 말할 수 있다. 눈에 띄지 않으려고 온갖 노력을 다하는 그의 모습은, 농부의 아이들 사이에서 그들과 같아 보이려고 애쓰는 변장한 왕자님 같았다.

수업이 끝나고 집으로 돌아오는 길이었다. 그는 내 뒤에서 걸어오고 있었다. 아이들이 각각 제 갈 길로 흩어져버리자 그는 나를 뒤따라 잡고 인사했다. 그 인사조차도 아이들의 말씨를 흉내 냈지만 어른 같았고 아주 공손했다.

"같이 갈까?"

그가 정답게 물었다. 나는 기뻐서 고개를 끄덕였다. 그리고 그에게 내가 어디 사는지 자세히 설명했다.

"아, 거기야? 그 집은 나도 알아. 문 위에 아주 기묘한 것이 붙어 있는 걸 봤거든. 재미있다고 생각했어."

그는 미소를 지으면서 말했다.

나는 그가 무슨 말을 하는지 금방은 알아들을 수 없었다. 그가 우리 집을 나보다 더 잘 알고 있다는 것이 놀라울 뿐이었다. 아마도 대문 위 아치형 띠 위에 붙어 있는 문장을 말하는 것 같았는데, 그것은 세월이 흐르면서 닳고 닳아 편편해지고 수없이 덧칠된 것으로, 내가 아는 한 우리 집이나 우리 가문과는 아무 관계가 없었다.

"그것에 대해선 아는 게 없어. 새나 뭐 그런 건데, 아주 오래됐어. 우리 집은 옛날에 수도원의 일부였대." 나는 머뭇머뭇 말했다. 그는 고개를 끄덕였다.

"그랬군. 언제 한 번 잘 봐. 그런 것은 대부분 아주 재미있는 구석이 있어. 그건 아마 새매일 거야."

우리는 계속 걸었다. 나는 좀 어색하고 거북한 느낌이었다. 갑자기 뭔가 재미있는 일이 떠오른 듯 데미안이 웃더니 유쾌하게 말했다.

"참, 아까 너희 반에서 이마에 표지를 단 카인 이야기 했지? 그 이야기 마음에 드니?"

난 마음에 들지 않았다. 우리가 배워야 했던 그 무엇도 나는 마음에 들지 않았다. 그러나 나는 어른과 말하는 것 같아서 사실대로 말할 수가 없었다. 나는 이야기가 아주 마음에 들었다고 말했다.

데미안은 내 어깨를 가볍게 두드렸다.

"야! 나한테 거짓말할 필요 없어. 하지만 그 이야기는 아주 특별해. 수업 시간에 배우는 다른 것들보다 훨씬 주목할 가치가 있어. 선생님은 별 이야기 하지 않고, 단지 선과 죄악에 대한 일상적인 이야기만 했지만, 내 생각에는,"

그가 말을 멈추더니 웃으며 물었다.

"그런데 이런 거, 혹시 따분하니?"

그러고 나서 그는 말을 계속했다.

"그러니까 내 생각에는 말이야. 카인의 이야기를 아주 다르게 해석할 수 있어. 우리가 배우는 것들이 대부분 사실이고 올바른 거지만, 다르게 볼 수도 있다는 거지. 그리고 대부분 그렇게 보면 훨씬 나은 의미를 발견하게 돼. 카인이나 그의 이마에 찍힌 표지만 봐도, 우리가 설명 들은 정도로 만족할 수는 없잖아. 그렇지 않니?

싸우다가 자기 형제를 때려죽이는 일은 확실히 일어날 수 있는 일이야. 그 사람이 불안해지고 소심해지는 것도 역시 가능한 일이지. 하지만 그의 비겁함에 대해 훈장처럼 특별한 표지를 주고, 그것이 그를 보호하는 부적이 되어 다른 모든 사람들에게 겁을 준다는 것은 정말 이상하지 않니?"

"그건 그래. 하지만 그걸 달리 어떻게 해석해?"

나는 흥미를 느끼며 물었다. 그 이야기는 나를 매혹했다. 그는 내 어깨를 톡톡 두드렸다.

"아주 간단해! 사실 이야기의 발단은 그의 이마에 찍힌 표지야. 어떤 사람이 있었어. 그의 얼굴에는 다른 사람들을 불안하게 하는 뭔가 있었기 때문에 사람들은 감히 그를 건드리지 못했지. 그의 자식들에게도 역시 사람들을 위협하는 뭔가가 있었어. 아마 그 표지는 우표의 소인처럼 눈에 보이는 것은 아닐 거야. 세상 일이 그렇게 단순한 경우는 거의 없으니까. 오히려 그건 눈에 보이지 않지만 무시무시한 느낌을 주는 그 무엇이었을 거야. 눈초리에 담긴 비범한 정신과 대담성 같은 것! 그에게는 힘이 있었고 사람들은 그를 두려워했어. 그래서 그는 '표지'를 가진 사람이 된 거야. 사람들은 보고 싶은 것만 보고 듣고 싶은 것만 들으려고 하지. 사람들은 항상 자신에게 편안함과 정당성을 부여하는 존재야. 사람들은 카인의 후예들이 두려웠어. 그들 역시 표지를 갖고 있었기 때문이지. 그래서 그 표지를 있는 그대로의 뛰어난 특성으로 받아들이지 않고 그 반대로 설명해 버린 거야. 이 표지를 가진 사람들은 무서운 놈들이라고 말이지. 사실 그들은 무서웠거든. 용감하고 개성이 뚜렷한 사람들은 다른 사람들을 항상 불안하게 하거든. 두려움을 모르는 무시무시한 종족이 돌아다닌다는 것은 아무래도 불편한 일이었지. 그래서 그들에게 복수하고, 자기들이 견뎌낸 공포를 조금이라도 보상받기 위해 사람들은 그들에게 별명과 우화를 덧붙여 놓은 거야. 이해되니?"

"어, 그럼 카인은 절대로 악한이 아니란 거야? 성경 속의 모든 이야기가 사실이 아닐 수도 있다고?"

"그렇기도 하고 아니기도 해. 그렇게 오래된 이야기는 항상 사실이야. 그러나 문제는 언제나 사실대로 기록되고 설명되지는 않는다는 것이지. 내가 말하고 싶은 건 카인이 훌륭한 사람이었고 사람들이 그에게 불안을 느낀 나머지 그런 이야기를 지어 붙였다는 거야. 그러니까 그건 사람들이 제멋대로 지어낸 소문일 뿐이라는 것이지. 하지만 카인과 그의 후예들이 일종의 '표지'를 가지고 있어서 대부분의 사람들과 아주 달랐다는 것은 사실이야."

나는 몹시 놀랐다. 나는 감동을 느끼며 물었다.

"그럼 카인이 동생을 죽였다는 얘기도 사실이 아니라고 생각하니?"

"아니. 그것은 분명 사실이야. 강한 자가 약한 자를 때려 죽였어. 그게 정말로 자기 동생이었는지는 의문스럽지만, 그건 중요하지 않아. 결국 모든 인간은 형제니까. 어쨌든 어떤 강한 사람이 약한 사람을 죽인 거야. 어쩌면 그것은 영웅적 행위였을 수도 있고 아닐 수도 있어. 어쨌든 그때부터 다른 모든 약자들은 그를 두려워하게 되었고, 지독한 불안에 휩싸여 한탄하게 되었지. 누군가 그들에게 '왜 그 남자를 간단히 때려죽이지 못하냐?'고 물으면 그들은 '우리가 비겁자이기 때문이다.'라고 말하지 않고 '그럴 순 없다. 그는 표지를 가지고 있다. 그 표지는 하느님이 그에게 주신 것이다!'라고 말했지. 그런 식으로 거짓 이야기기가 생긴 걸 거야. 너무 오래 붙들고 있었구나. 또 보자!"

그는 알트 거리로 꺾어 들어갔다. 나는 홀로 남았다. 홀린 듯 혼란스러웠다. 그가 사라지자 그가 말한 모든 것이 전혀 믿을 수 없는 것처럼 생각되었다. 카인이 훌륭한 사람이고, 아벨이 겁쟁이라고! 카인의 표지가 뛰어난 인간의 특성이라고! 그것은 불합리했다. 신을 모독하는 것이었고, 사악한 것이었다. 그렇다면 도대체 하느님은 어디에 계신 거야? 하느님은 아벨의 제물을 받으셨고 아벨을 사랑하지 않으셨던가? 아니야, 말도 안 돼. 데미안이 나를 놀린 거야. 아무튼 그는 굉장히 머리가 좋은 것 같아, 말도 엄청 잘하고. 하지만 그건 아니라고 생각했다.

어쨌든 나는 지금까지 성경 이야기든 다른 이야기든 그렇게 심각하게 생각해본 적이 없었다. 그리고 프란츠 크로머를 그렇게 완전히 몇 시간 동안, 저녁 내내 잊고 지낸 적도 없었다. 집에 와서 나는 다시 한 번 성경의 그 이야기를 읽었다. 그것은 짧고 분명했다.

그렇게 간단명료한 이야기에서 그렇게 특별한 의미를 찾다니 정신 나간 짓 아닌가? 만약 그런 해석이 가능하다면 모든 살인자들은 자신이 하느님의 표지를 받았다고 주장할 것 아닌가? 아니! 어림없는 말이야.

단지 나는 데미안이 그런 일을 그처럼 쉽게, 훌륭하게, 마치 모든 것이 설명 없이도 명백한 듯이 이야기하는 태도가 마음에 들었던 것뿐이야. 게다가 그의 눈빛은 얼마나 멋지던지!

물론 나 자신도 정상은 아니었고 몹시 혼란스러운 상태였다. 나는 지금까지 밝고 깨끗한 세계에 사는 아벨이었다. 그러나 지금 나는 '다른 세계' 속으로 대단히 깊이 들어박혔고, 떨어지고 가라앉았다. 근본적으로 내 잘못은 아니다. 어쩌다 그렇게 되었을까?

문득 어떤 생각이 나의 머릿속에서 번뜩여 나는 잠시 숨을 쉴 수가 없었다. 나의 불행이 시작된 바로 그 지긋지긋한 날 저녁에, 아버지에 대해 느꼈던 바로 그것! 비록 한순간이었지만, 아버지와 그의 밝은 세계와 예지를 단숨에 꿰뚫어보고 경멸했던 그때! 그렇다! 그때 이미 나는 카인이었고 표지를 가지게 되었던 것이다.

나는 그것이 수치가 아니라 남보다 뛰어나다는 표시이고, 악을 알고 불행에 빠짐으로써 아버지보다 더 위대해졌고, 선량하고 경건한 사람들보다 더 높은 곳에 서게 되었다고 생각했던 것이다.

물론 그 당시의 내가 이처럼 분명한 사고의 형태로 이 사건을 체험한 것은 아니었지만, 이 모든 것은 그 속에 포함되어 있었다. 그것은 나를 감동시키고 기묘한 흥분에 사로잡히게 했으며, 고통 속에서도 나의 마음을 긍지로 채웠다.

두려움을 모르는 사람과 비겁한 사람에 대해서 데미안은 얼마나 이상하게 말했던가! 카인의 이마에 새겨진 표지를 얼마나 이상하게 해석했던가! 이야기에 열중하고 있을 때, 어른스런 표정의 독특한 눈은 얼마나 신비했던가! 문득 데미안이 바로 카인이 아닐까 하는 생각이 머리를 스쳤다. 그 자신이 카인을 닮았기 때문에 카인을 변호한 것이 아닐까? 그의 눈에 비치는 힘은 무엇일까? 왜 그는 '다른 사람들'을 그토록 경멸했을까? 사실 그들 경건한 사람들이야말로 신의 마음에 드는 사람들이 아닌가!

생각은 끝없이 이어졌다. 그것은 샘 위에 떨어진 돌멩이였으며 그 샘은 내 어린 영혼이었다. 그리고 아주 오래, 정말 오랜 시간 동안 카인, 살인, 그리고 그 표지는 인식과 의심과 비평에 대한 내 모든 시도의 출발점이 되었다.

다른 학생들도 데미안에게 열중하고 있다는 것을 나는 알았다. 나는 아무에게도 카인에 관한 이야기를 하지 않았지만, 다른 아이들도 그에게 흥미를 느끼는 것 같았다. 적어도 이 전학생에 대한 소문이 많이 떠돌았다.

내가 만일 그 소문을 모두 알았다면 그 하나하나가 데미안에 대해 알게 해주었을 것이고 각각에 대해 나름의 해석을 내릴 수도 있었을 테지만, 내가 아는 것이라고는 고작 데미안의 어머니가 대단히 부자라는 것, 그리고 교회에 다니지 않는다는 것, 데미안도 역시 그렇다는 것 정도였다.

그들이 유대인이라는 소문도 있었다. 어쩌면 그들은 은밀한 회교도일지도 몰랐다. 막스 데미안의 반에서 가장 힘센 아이가 데미안에게 싸움을 걸었는데 그가 상대하지 않자 비겁한 놈이라고 욕했다가 굴욕을 당했다는 소문은 분명한 사실이었다. 현장에 있던 아이들의 말로는, 데미안이 한 손으로 멱살을 잡았을 뿐인데 그 아이는 새파랗게 질렸고 조금 있다가 슬금슬금 달아났는데 며칠 동안 팔을 쓰지 못했다고 했다.

심지어는 그가 죽었다는 소문이 떠돈 날도 있었다. 한동안 온갖 소문이 주장되었고 믿어졌다. 모든 것이 자극적이었고 놀라움의 대상이 되었다. 그리고 우리에게는 그것으로 충분했다. 얼마 후, 다시 새로운 소문이 학생들 사이에 떠돌았다. 데미안이 여자 친구를 사귀고 있으며 이미 '알건 다 안다'는 내용이었다.

그러는 동안에도 나와 프란츠 크로머의 관계는 어쩔 수 없이 계속 이어지고 있었다. 나는 그에게서 빠져나올 수 없었다. 어쩌다가 그가 나를 며칠 내버려 둘 때도 있었다. 그럴 때조차도 그에게 얽매여 있다는 것에는 변함이 없었다. 그는 그림자처럼 나에게 붙어 있었다. 그가 나에게 실제로 하지 않은 일조차 꿈속에서 일어났고 끊임없이 나는 그에게 괴롭힘을 당했다. 꿈속에서 나는 전적으로 그의 노예였다.

나는 강렬한 꿈을 많이 꾸는 편이었다. 그래서 나는 현실보다 꿈속에서 더 많이 살았다. 나는 점점 쇠약해져 갔다. 제일 많이 꾼 꿈은 크로머가 나를 학대하고, 나에게 침을 뱉고, 나를 깔고 앉는 꿈이었다. 더욱 불쾌한 것은 나에게 아주 무서운 범죄를 저지르게 하는 것이었다. 그냥 시키는 정도가 아니라 막강한 영향력으로 나에게 강요하는 것이었다. 그런 꿈을 꿀 때마다 나는 미칠 것 같은 공포 속에서 잠을 깨곤 했는데 그 중에서도 가장 무서웠던 꿈은 아버지를 살해하는 꿈이었다.

크로머는 칼을 갈아서 내 손에 쥐어주었다. 우리는 어떤 골목의 나무 뒤에 숨어 있었다. 나는 우리가 누구를 기다리는지 몰랐다. 누군가가 다가오자 크로머가 나의 팔을 누르며 찔러 죽이라고 말했다. 그 사람은 바로 나의 아버지였다. 거기서 나는 눈을 떴다.

이런 일들 때문에 나는 더 이상 카인과 아벨에 대해서는 거의 생각하지 않게 되었다. 데미안에 대해서도 마찬가지였다. 그가 나에게 다시 가까이 온 것은 이상하게도 역시 꿈속이었다. 나는 또다시 시달리고 얻어맞는 꿈을 꾸었는데 이번에 나를 깔고 앉은 것은 크로머가 아니라 데미안이었다. 그것은 아주 새롭고 인상적이었다. 크로머한테 당할 때는 그렇게도 고통스러워서 있는 힘을 다해 저항하며 견뎌야만 했던 일들을, 데미안한테는 기꺼이, 불안과 황홀이 내포된 감정을 갖고 견뎠다. 이런 꿈을 두 번 꾼 후에 크로머가 다시 제 위치로 돌아왔다.

이제 나는 꿈속에서 일어난 일과 현실에서 경험한 것을 분명히 구분할 수 없게 되었다. 그러나 어쨌든 크로머와의 고약한 관계는 계속되었고, 내가 조금씩 훔친 돈으로 드디어 2마르크를 다 갚은 뒤에도 끝나지 않았다. 오히려 나는 더 단단히 그의 손아귀에 붙잡혔다. 그는 내가 저지른 도둑질에 대해 다 알고 있었던 것이다.

돈을 받을 때마다 그는 돈을 어디서 구했는지 물었고, 툭하면 아버지에게 말하겠다고 위협했다. 그럴 때마다 두려움은 애초에 그 일을 저지르지 말았어야 했다는 후회를 넘어서곤 했다. 그렇다고 모든 것을 후회하는 것은 아니었다. 가끔은 어차피 이렇게 될 수밖에 없었다는 느낌이 들었고, 그게 내 운명이라면 피할 수 없다 싶었다.

나의 부모님도 나 때문에 힘드셨다. 귀신이라도 들린 것처럼 나는, 그렇게도 친밀했던 우리 집안의 가족으로 이미 어울릴 수 없었고, 잃어버린 낙원을 향한 격렬한 향수를 느끼곤 했다. 특히 어머니는 나를 악동이라기보다 환자로 대했다. 누나들도 나에게 지나칠 정도로 관대했는데, 그것이 나를 더욱 비참하게 만들었다. 내가 뭔가에 홀려 있기 때문에 비난하기보다는 동정해야 할 사람이라고 생각하는 것이 분명했기 때문이다.

나는 모두가 나를 위해 기도하는 것을 느꼈고, 이런 기도가 소용없다는 것도 느꼈다. 짐을 벗고 가벼워지고 싶다는 소망을 가끔 불타오르듯 느꼈지만, 아버지에게도 어머니에게도, 모든 것을 올바르게 말하고 설명할 수 없다는 것을 알고 있었다. 아마도 부모님은 나의 고백을 다정하게 들어주고 위로하고 동정해 주시겠지만 나를 완전히 이해할 수는 없을 것이고, 나에게는 운명인 것을, 부모님은 그저 탈선 정도로 여기실 것도 나는 알고 있었다.

아직 열한 살도 안 된 어린아이가 이렇게 깊은 감정을 느낀다는 것을 믿지 못하는 사람들도 많을 것이다. 나는 그런 사람들에게 내 이야기를 하고 있는 것이 아니라, 인간을 좀 더 잘 아는 사람들에게 이야기하는 것이다.

감정의 일부분을 사상으로 바꿀 줄 아는 어른들은 아이들에게는 이런 생각이나 경험은 없다고 단정해 버린다. 그러나 지금까지 살아오면서 그때만큼 깊이 체험하고 깊이 고민했던 일은 없었다.

어느 비오는 날, 나는 박해자로부터 광장으로 나오라는 명령을 받았다. 나는 광장에 서서 기다리며, 검게 젖은 밤나무에서 계속 떨어지는 젖은 나뭇잎들을 발로 헤집고 있었다. 돈은 없고, 크로머에게 뭔가 주긴 해야겠기에 과자 두 조각을 주머니에 넣어 가지고 왔다.

이제 나는 이렇게 어느 한 구석에 서서 오랜 시간 동안 그를 기다리는 데 익숙해져 있었다. 인간들이 피할 수 없는 운명을 감수하듯 나는 그 일을 감수했다.

드디어 크로머가 왔다. 그리고 그 날은 그리 오래 머무르지도 않았다. 그는 내 갈비뼈를 주먹으로 가볍게 몇 대 치고는 웃으며 과자를 받았다. 그러고는 축축한 담배를 내밀기까지 하면서 그날따라 유난히 친절하게 굴었다. 물론 나는 그 담배를 받지 않았다. 자리를 떠나면서 그가 말했다.

"참, 깜빡할 뻔했네. 다음에는 네 누나를 데리고 나와. 큰누나 말이야. 이름이 뭐였지?"

나는 그게 무슨 뜻인지 알 수가 없어서 대답하지 않았다. 다만 놀라서 그를 쳐다볼 뿐이었다.

"무슨 말인지 몰라? 네 누나를 데려오라고."

"안 돼. 그럴 순 없어. 누나도 오지 않을 거야."

나는 그것이 또 하나의 술책이고 구실이란 것을 알았다. 그건 그가 흔히 쓰는 수법이었다. 불가능한 일을 요구하여 나를 공포 속에 빠뜨리고, 그렇게 내 기를 죽인 다음 천천히 새로운 협상을 시작하는 것이다. 그러면 나는 돈이나 다른 물건을 주고 자유를 얻을 수밖에 없었다. 그러나 이번에는 달랐다. 내가 거절했는데도 전혀 화를 내지 않았다. 그는 얼버무리며 대답했다.

"그래? 그럼, 어, 나는 네 누나와 사귀고 싶어. 그냥 좀 알고 지내자는 거야. 넌 누나를 데리고 산책을 나오기만 하면 돼. 내가 그리로 갈 테니까. 내일 내가 휘파람을 불게. 그때 다시 얘기하자."

그가 가고 나서야 비로소 나는 그가 원하는 것이 무엇인지 어렴풋이나마 깨달았다. 나는 아직 어린아이였지만, 조금 더 나이가 든 소년 소녀들이 비밀스럽고 추잡하고 금지된 짓을 한다는 말을 주워들은 적이 있었기 때문이다. 지금 크로머가 나에게 시킨 짓이 얼마나 터무니없는지 갑자기 명백해졌다. 그 자리에서 나는 그런 짓은 절대 안하겠다고 결심했다.

그러나 그것이 어떤 결과를 불러올 것인지, 크로머가 어떻게 복수를 할 것인지에 대해서는 감히 상상도 할 수 없었다. 새로운 고문이 시작된 것이다. 세상은 이제 이것으로 끝난 것처럼 보였다. 절망적으로 두 손을 주머니에 찌른 채 나는 텅 빈 광장을 걸어갔다. 새로운 고통, 새로운 노예 상태!

그때 나를 부르는 활달하고 낮은 목소리가 들렸다. 나는 깜짝 놀라 달리기 시작했다. 누군가 쫓아와서 부드럽게 내 어깨를 잡았다. 막스 데미안이었다. 나는 잡힌 채 불안한 목소리로 말했다.

"너였구나! 깜짝 놀랐어!"

그는 나를 바라보았다. 그때만큼 그의 눈이 어른스러워 보였던 적은 없었다. 그의 눈은 한층 높은 곳에서 내 마음을 꿰뚫어보는 것 같았다. 잠시 침묵이 흘렀다.

"미안해. 하지만 그렇게 놀랄 건 또 뭐야?"

그는 다정하면서도 단호한 말투로 말했다.

"그건 그래. 그렇지만 그럴 수도 있지 뭐."

"그럴지도 몰라. 하지만 알아둬. 네게 아무 짓도 하지 않은 사람 앞에서 그렇게 겁을 먹는다면, 그 사람은 왜 그럴까 하고 생각하게 되지. 이상하니까 호기심을 갖게 되는 거야. 유별나게 잘 놀란다 싶으면 무슨 근심거리가 있는 거라고 상상하게 되지. 겁쟁이한테는 늘 근심거리가 있는 법이니까. 내 생각에 너는 겁쟁이는 아니야. 물론 영웅도 아니지만. 뭔가 두려운 게 있는 거지? 두려운 사람이나? 그따위 감정을 가져선 안 돼. 인간을 두려워하다니 그런 일은 절대로 있어선 안 될 일이야. 넌 나를 두려워하진 않겠지? 아니면 내가 무섭니?"

"아니야. 그렇지 않아."

"그래, 하지만 두려운 사람이 있지?"

"그런 거 없어. 그냥 내버려 둬. 뭘 어쩌려고 그래?"

그는 나와 나란히 걸었다. 나는 달아나려고 빨리 걸었다. 그의 시선이 느껴졌다. 그는 다시 말을 이었다.

"내가 너에게 호의를 가지고 있다고 가정해 보자. 어쨌든 넌 나를 겁낼 필요는 없어. 너한테 한 가지 실험을 해보고 싶어. 재미있기도 하고 너도 거기서 몹시 필요한 뭔가를 배울 수 있을 거야. 잘 들어봐! 나는 가끔 사람들이 독심술이라고 부르는 기술을 써. 그것은 마법 같은 게 아니야. 그렇지만 독심술이 무엇인지 모르는 사람에게는 아주 놀라워서 거의 마법처럼 보이거든. 그걸로 사람들을 아주 놀라게 할 수 있어. 자, 우리 한 번 시험해 보자. 나는 너를 좋아하고 네게 흥미를 느껴. 그래서 이제 네 마음속이 어떤지 알아내고 싶은 거야. 나는 이미 시작했어. 나는 너를 놀라게 했거든. 너는 그러니까 잘 놀라는 사람이고, 두려운 일이나 사람이 있는 거야. 그것은 어디서 비롯되었을까? 우리는 어느 누구도 두려워할 필요가 없어. 만약 누군가를 두려워한다면, 그 사람에게 자신을 지배할 힘을 내주었다는 뜻이야. 예를 들면, 나쁜 일을 했는데 상대방이 그걸 알고 있을 때, 그가 널 지배할 힘을 갖게 되는 거야. 그렇지? 안 그래?"

나는 그의 얼굴을 멍하니 바라보았다. 그의 얼굴은 언제나처럼 진지하고, 총명해 보였다. 그의 얼굴은 호의적이었지만 엄격해 보였으며, 정의감 또는 그와 비슷한 어떤 것이 있었다. 나는 무슨 일이 일어나고 있는지도 모를 지경이었고, 그는 마술사처럼 내 앞에 서 있었다.

"이해했니?"

그가 다시 한 번 물었다.

나는 고개를 끄덕였다. 말은 한 마디도 할 수 없었다.

"아까도 말했지만 독심술이 좀 괴상하게 보일 수도 있어. 그렇지만 그건 아주 자연스러운 거야. 예를 들면 내가 전에 너에게 카인과 아벨 이야기를 했을 때 네가 나에 대해서 어떤 생각을 했는지 꽤 자세히 말할 수 있어. 그것은 다른 일이지만…… 너는 언젠가 내 꿈을 꾸었을 거야. 그러나 그따위 얘기는 집어치우자! 대부분의 사람들은 참 멍청하지. 그런데 너는 아주 총명한 소년이야. 나는 내가 신뢰하는 영리한 소년과 이야기하는 것이 좋아. 너도 괜찮지?"

"응, 괜찮아. 다만 나는 전혀 이해가 안 돼."

"실험을 계속해 보자. 지금까지 알게 된 것을 정리하면, S 소년은 잘 놀란다. 그는 누군가를 두려워한다. 비밀을 잡혔기 때문이다. 어때, 내 말이 맞니?"

나는 꿈속에서처럼 그의 목소리에 굴복하고 그의 영향력에 몸을 맡겼다. 나는 고개를 끄덕였다. 그의 목소리는 마치 나 자신에게서 나오는 목소리 같았다. 모든 것을 나 자신보다 더 잘 알고 있는 목소리였다.

데미안은 힘차게 내 어깨를 두드렸다.

"역시 맞았군. 그럴 거라고 생각했어. 그럼 한 가지만 더 물어볼게. 아까 저쪽으로 사라진 녀석의 이름이 뭐야?"

나는 몹시 놀랐다. 침해당한 나의 비밀은 고통스럽게 꿈틀거리며 움츠러들어 좀처럼 밝은 곳으로 나오려 하지 않았다.

"누구? 아무도 없었어. 나밖에는."

그는 웃었다.

"어서 말해. 이름이 뭐야?"

"프란츠 크로머 말이야?"

나는 기어들어가는 목소리로 말했다.

그는 기뻐하며 고개를 끄덕였다.

"그래. 넌 똑똑해. 우리는 친구가 될 수 있을 거야. 그래서 말인데 크로먼가 뭔가 하는 놈은 나쁜 놈이야. 얼굴만 봐도 그놈이 악당이라는 걸 알 수 있어. 안 그래?"

나는 한숨을 내쉬었다.

"맞아! 그는 나쁜 놈이야. 악마야! 이런 걸 그가 알아선 절대 안 돼! 너는 그를 아니? 그 녀석도 너를 알고?"

"진정해! 그는 갔어. 그는 나를 몰라, 아직은. 그러나 난 그놈을 좀 만나보고 싶은데, 공립학교 학생이지?"

"응."

"몇 학년?"

"5학년. 그에게는 아무 말도 하지 마. 제발 아무것도 하지 마!"

"걱정 마. 네겐 아무 일도 생기지 않아. 크로머 얘기 좀 더 해 줄래?"

"안 돼! 이제 그만해."

그는 잠시 조용히 있다가 입을 열었다.

"아깝다. 실험을 더 계속하고 싶지만 너를 괴롭힐 순 없으니. 그를 두려워하는 것이 옳지 않다는 것 정도는 너도 알지? 그런 두려움은 인간을 망치는 거야. 네가 올바른 인간으로 성장하려면 넌 거기서 벗어나야 해. 알아듣겠니?"

"맞는 말이야. 하지만 그렇게는 안 될 거야. 너는 아무것도 몰라서 그래."

"내가 생각보다 많이 안다는 걸 너도 이제 알잖아. 그 녀석에게 빚을 졌니?"

"응, 빚을 졌지. 하지만 중요한 건 그게 아니야. 더는 말할 수 없어. 더는!"

"그럼 녀석에게 빚진 돈을 내가 줘도 소용없다는 거네. 그 정도는 내가 해 줄 수 있는데."

"아냐, 아냐, 그게 아냐. 아무튼 아무한테도 말하지 마, 아무 말도! 지독한 꼴을 당할지도 몰라."

"싱클레어, 나를 믿어. 언젠가는 너 스스로 네 비밀을 털어놓게 될 거야."

"아니야, 절대로 그런 일은 없어."

나는 고집스럽게 소리쳤다.

"마음대로 해. 내 말은, 네가 언젠가는 자진해서 말하게 될 거라는 거야. 설마! 너, 내가 크로머처럼 굴 거라고 생각하는 건 아니겠지?"

"절대로! 넌 아무 것도 몰라서 그래."

"그래 맞아. 나는 단지 여러 가지로 생각하고 있을 뿐이야. 아무튼 내가 크로머처럼 굴지 않으리라는 것은 믿지? 게다가 너는 내게 아무것도 빚진 게 없으니까."

우리는 잠시 말없이 걸었다. 나는 조금씩 차분해졌다. 데미안이 어떻게 그렇게 많은 것을 알고 있는지 정말 이상하다는 생각이 들었다.

빗속에서 거친 마직 외투 깃을 세우며 그가 말했다.

"이제 집에 가야겠어. 그만큼 얘기했으니 한 가지만 더 말할게. 그 녀석과 관계를 끊어! 정 안 되면 녀석을 죽여 버려! 그러면 나는 무척 감동할 거야. 필요하면 내가 도와줄게."

새로운 불안이 몰려 왔다. 갑자기 카인의 이야기가 떠오르면서 무시무시한 느낌이 들었다. 나는 울기 시작했다. 엄청나게 무서운 일들이 한꺼번에 나를 둘러싸고 있었던 것이다. 막스 데미안이 미소를 지으며 말했다.

"이제 괜찮아. 어서 집으로 돌아가! 그 일은 잘 될 거야. 물론 때려죽이는 것이 가장 간단하지만. 가장 간단한 것이 항상 가장 좋은 방법이거든. 크로머 따위와 사귀어서 좋을 건 하나도 없으니까."

나는 집으로 돌아왔다. 한 1년은 집을 떠나 있었던 것처럼 모든 것이 달라 보였다. 크로머와 나 사이에 뭐랄까, 미래의 희망 같은 것이 비집고 들어와 있었다. 나는 이제 더 이상 혼자가 아니었다!

비로소 나는 비밀을 껴안은 지난 몇 주 동안 얼마나 지독하게 외로웠는지 깨달았다. 그동안 몇 번이나 깊이 생각하고 또 생각했던 일도 떠올랐다. 부모님 앞에서 고해를 하면 마음은 편해질지 몰라도, 나를 완전히 구원해 줄 수는 없을 거라는.

그런데 지금 나는 고해를 한 셈이었다. 생각지도 못했던 다른 사람, 낯선 사람에게! 구원의 예감이 짙은 향기처럼 나에게로 흘러 들어왔다.

그렇다고 나의 불안이 다 극복된 것은 아니었기 때문에 나는 적을 상대로 길고도 무서운 대결을 각오하고 있었다. 그랬던 만큼 모든 일이 그렇듯 고요하게, 그렇듯 완전하게 아무 일 없이 조용하게 지나가는 것이 나로서는 무척 이상했다.

집 앞에서 들리던 크로머의 휘파람 소리 없이 하루가 지났다. 이틀, 사흘, 그리고 1주일이 지났다. 나는 감히 믿을 수가 없었다. 이러다가 갑자기 다시 나타나 앞을 막아설 수도 있다는 생각에 마음이 놓이지 않았다. 그러나 그는 아무래도 멀리 사라진 것처럼 보였다! 이 새로운 자유를 나는 믿을 수가 없었다. 드디어 내가 프란츠 크로머를 만났던 바로 그날, 그 순간까지.

내가 자일러 골목길을 올라가고 있을 때였다. 그는 맞은편에서 내려오고 있었는데, 나를 보자 움찔하더니 얼굴을 찡그리면서 나와 마주치지 않으려고 돌아서서 가 버렸다.

그것은 정말 있을 수 없는 일이었다! 적이 내 앞에서 도망친 것이다. 나의 악마가 나를 두려워한 것이다. 놀라움과 기쁨이 내 온몸을 관통했다.

어느 날 데미안이 다시 나타났다. 그는 학교 앞에서 나를 기다리고 있었다.

"안녕." 하고 나는 말했다.

"잘 있었니, 싱클레어? 네가 어떻게 지내는지 물어 보고 싶었어. 크로머는 이제 널 괴롭히지 않지?"

"너였구나! 하지만 어떻게 그런 거야? 나는 정말 알 수가 없더라. 그 애는 이제 코빼기도 안 보여."

"잘됐어. 만약 그 애가 다시 오면, 그런 일은 없겠지만 워낙 철면피니까 혹시 모르지, 그땐 데미안을 생각하라고만 말해."

"무슨 일이 있었어? 그 녀석과 싸워서 호되게 두들겨 패 준 거야?"

"아니, 난 그런 건 별로 좋아하지 않아. 너와 이야기했던 것처럼 녀석하고도 그저 이야기만 했어. 너를 가만히 놔두는 것이, 자신에게도 이롭다는 것을 똑똑히 알려주었지."

"설마 돈을 준 건 아니겠지?"

"아니야, 그런 방법은 네가 벌써 시험해 봤잖아."

그에게 더 캐묻고 싶었지만 그는 가버렸다. 나는 그에게 전에도 느꼈던 느낌, 감사와 부끄러움, 경탄과 불안, 사랑과 내적 거부가 뒤섞인 야릇하면서도 답답한 느낌으로 그 자리에 그대로 서 있었다.

나는 곧 그를 다시 만나겠다고 결심했다. 그를 만나 그 모든 것에 대해서, 그리고 카인의 문제에 대해서도 좀 더 이야기를 나누어 보고 싶었다. 그러나 그렇게는 되지 않았다.

감사한다는 것은 내가 그다지 믿지 않는 종류의 미덕이다. 게다가 아이들에게 그것을 요구하는 것은 터무니없다는 생각이다. 그래서 내가 막스 데미안에 대해 완전히 배은망덕했던 것이 지금도 크게 놀랍지는 않다.

만일 그가 나를 크로머의 손아귀에서 구해 주지 않았다면, 나는 평생 병들고 타락했을 것이라고 지금 이 순간까지도 나는 확신한다. 그 당시에도 나는 그것이 내 소년 시절의 가장 큰 경험으로 느끼고 있었다. 그런데도 나는 그가 나를 구원하는 기적을 달성하자마자 제쳐버린 것이다.

방금 말했던 것처럼 배은은 나에게 조금도 이상하지 않다. 단지 내가 지금도 이상하게 생각하는 것은 호기심의 결핍이다. 어떻게 데미안이 그토록 나를 감동시켰던 그 비밀에 좀 더 가까이 접근하지 않고 단 하루라도 평온하게 살아갈 수 있었을까? 어떻게 나는 카인에 관해서, 크로머에 관해서, 그리고 독심술에 관해서 좀 더 듣고 싶은 호기심을 억제할 수 있었을까?

이해할 수 없는 일이지만 사실이다. 나는 갑자기 내가 악마의 그물에서 벗어나 있는 것을 보았다. 밝고 즐거운 세계가 다시 내 앞에 놓여 있었다. 더 이상 불안 때문에 발작을 일으키지도 않았고, 목을 조르는 것 같은 심장 박동에 시달리지도 않았다. 마법의 속박이 풀렸다. 나는 더 이상 고통 받는 죄인이 아니었다.

나는 다시 원래의 학생으로 되돌아갔다. 나는 본능적으로 최대한 빨리 원래의 균형과 안정으로 돌아가기 위해, 그 많은 불쾌한 일들과 위협들을 깨끗이 기억에서 밀어내려고 애썼다. 그리하여 나의 죄와 불안의 아주 오랜 역사는 놀라울 정도로 빨리, 아무런 상처도 인상도 남기지 않은 채 내 기억에서 떨어져 나갔다.

나를 구원해 준 데미안조차 똑같이 빨리 잊으려 했던 것도 그런 이유였고, 지금의 나로서는 충분히 이해할 수 있는 일이다. 저주스러운 슬픔의 골짜기에서 빠져나오자마자, 크로머 앞에서의 무서운 노예 상태에서 벗어나자마자, 나는 상처 받은 영혼의 모든 충동과 힘을 다하여 이전의 행복하고 즐거웠던 곳으로 도망쳤던 것이다. 다시 내개 열린 실낙원으로, 아버지와 어머니의 밝은 세계로, 누나들에게로, 순결한 향기 속으로, 하느님이 사랑하시는 아벨의 세계로.

데미안과 짧은 대화를 나눈 바로 다음 날, 다시 얻은 자유를 확신하고, 다시 잃어버릴 염려도 없다는 것을 알게 되었을 때, 나는 그렇게도 자주 갈망하던 그 일을 했다. 고해를 한 것이다. 나는 어머니에게 자물쇠가 부서지고, 장난감 돈으로 채워진 저금통을 보이고, 오랫동안 애당초 내가 잘못한 일이긴 하지만, 사악한 자에게 묶여 고통 받고 있었다는 이야기를 했다. 어머니는 모든 것을 이해하지는 못했지만 저금통과 나의 달라진 눈빛을 보고, 그리고 달라진 목소리를 듣고 내 병이 나았다는 것과 내가 다시 어머니에게 돌아왔다는 것을 느꼈다.

그리고 벅찬 마음으로 귀환의 축제, 돌아온 탕아의 의식을 거행했다. 어머니는 나를 아버지에게로 데리고 갔다. 이야기가 반복되었다. 여러 가지 질문과 놀란 외침들이 터져 나왔다. 부모님은 내 머리를 쓰다듬으며 그동안의 긴 근심에서 풀려난 안도의 한숨을 쉬었다. 모든 것이 멋진 소설 같았다. 모든 것이 놀라울 정도로 순조롭게 조화를 이루었다. 나는 이 조화 속으로 정말 정열적으로 도망쳐 들어갔다. 내가 다시 평화를 되찾고 아버지의 신뢰를 얻었다는 것으로 더 바랄 것이 없었다.

나는 다시 모범적인 소년이 되었고, 그 어느 때보다도 더욱 누나들과 잘 어울렸고, 기도를 드릴 때에는 구원받은 자의 마음으로 좋아하는 옛 찬송가를 함께 불렀다. 그 모든 것은 나의 진심이었다. 거기엔 어떤 거짓도 속임수도 없었다.

그렇지만 그것으로 모든 것이 완전히 해결된 것은 아니었다! 내가 데미안을 애써 잊으려 했던 진짜 이유는 바로 여기에 있다. 그때 내가 고해할 사람은 부모님이 아니라 데미안이었다. 그랬다면 집에서처럼 화려하지도, 감동적이지도 못했겠지만 나에게는 훨씬 더 풍성한 결과를 가져왔을 것이다.

그때 나는 낙원과도 같은 예전의 작은 세계에 사방으로 뿌리를 내려 달라붙었다. 방탕한 아들이 집으로 돌아와 관대하게 받아들여진 것이다.

그러나 데미안은 절대로 이 세계에 속한 사람이 아니었다. 그는 이 세계에 어울리지 않았다. 크로머와는 전혀 달랐지만 그 또한 유혹자였으며, 나를 제2의 사악한 세계로 연결시키는 사람이었다. 그런 세계에 대해서 나는 이제 더 이상 아무것도 알고 싶지 않았다. 지금 막 다시 아벨이 된 나로서는, 아벨을 포기하고 카인을 찬미하는 일을 도울 수도 없었고, 그럴 생각도 없었다.

외면적으로는 그랬다. 그러나 내면적으로는 또 다른 이유가 있었다. 나는 크로머라는 악마의 손에서 구원을 받았지만 나 자신의 힘과 능력에 의한 것은 아니었다. 나는 세계의 오솔길을 걸어가던 한창때에 누구나 미끄러지기 쉬운 그 길에서 미끄러졌다. 친절한 손이 나를 잡아서 구해주자마자 나는 한눈도 팔지 않고 곧장 어머니의 품으로, 울타리로 둘러싸인 유년 시절의 아늑함 속으로 달려갔다. 실제보다 더 어리석고, 더 종속적인 어린애처럼 나는 크로머의 종속을 다른 새로운 종속으로 대체했다. 왜냐하면 나는 혼자서는 걸을 수 없었기 때문이다. 그래서 나는 맹목적으로 아버지와 어머니의 예속을, 이제는 그 세계가 유일한 세계가 아니라는 것을 알고 있었으면서도 옛날의 밝은 세계의 예속을 선택했다.

그러지 않았다면 나는 데미안에게 예속되었을 것이고, 그에게 모든 것을 털어놓아야 했을 것이다. 당시에는 그의 기묘한 사고방식에 대해 의혹을 품고 있는 이상, 내가 그렇게 하지 않는 것은 당연하다고 생각했다.

그러나 사실 그것은 두려움 때문이었다. 왜냐하면 데미안은 부모님보다 더 많은 것을, 훨씬 더 많은 것을 요구했을 것이고, 나를 자극하고, 경고하고, 조롱하고, 충고하는 것으로 더욱 자립적인 인간으로 만들려고 했을 테니까.

아, 이제야 나는 깨달았다.

이 세상에서 인간이 가장 거부감을 느끼는 일은 자기 자신에게로 가는 길을 걷는 일이라는 것을!

그렇지만 반년쯤 지난 후에도 나는 알고 싶은 유혹을 이겨낼 수가 없었다. 그래서 산책하는 길에, 카인이 아벨보다 더 낫다고 말하는 사람도 있던데 아버지는 어떻게 생각하시는지 물었다.

아버지는 깜짝 놀란 표정으로, 그것은 조금도 새로울 게 없는 하나의 해석이라면서 이렇게 설명하셨다.

그런 해석은 이미 원시 기독교 시대에도 나타났고, 그렇게 주장하는 종파도 여럿 있었는데, 스스로 카인파라고 부르는 종파도 있었다. 그러나 이 미친 교의는 우리의 믿음을 파괴하려는 악마의 유혹일 뿐이다. 왜냐하면 카인이 옳고 아벨이 부당하다면 하느님이 잘못을 저지른 것이 되고, 성서의 하느님은 유일신이 아니라 가짜 신이란 결론에 이르게 되기 때문이다. 실제로 카인파들은 그런 식으로 설교했을 것이다.

그러고 나서 아버지는, 그런 사이비 종교가 사라진 지 이미 오래됐는데 나의 학교 친구가 그런 일에 대해 조금이라도 알고 있다는 것이 놀랍다고 하면서, 어쨌든 그런 생각은 버리라고 진지하게 충고하셨다.

3.
죄인

나의 어린 시절에 대해서, 부모님 곁에서의 안온한 생활에 대해서, 온화하고 밝고 넉넉한 환경에서 어린아이가 누리는 즐겁고 한가로운 생활에 대해서는 멋지고 따스하고 사랑스러운 이야기를 얼마든지 할 수 있지만, 나에게 흥미 있는 일은 오직 나 자신에게 도달하기 위해 내가 걸었던 발걸음뿐이다.

모든 평온의 순간과 행복의 섬과 낙원 등의 매력을 모르는 건 아니지만 그런 것은 모두 머나먼 과거의 매혹으로 남겨두자. 두 번 다시 그곳에 발을 들여 놓을 생각은 없으니.

그러므로 내 소년 시절의 이야기를 하는 동안 나는 내가 겪었던 새로운 일, 나를 앞으로 나아가도록 몰아세우고 잡아끌었던 것에 대해서만 쓸 작정이다.

그러한 자극은 늘 그렇듯이 다른 세계에서 왔으며 반드시 불안과 강압과 양심의 가책을 동반했다. 그것은 항상 혁명적이었고, 내가 안주하고 싶어 하는 평화를 위협하는 것이었다.

허용된 밝은 세계 속에서는 감춰야 할 원시적 충동이 나 자신의 내부에 살고 있다는 사실을 새롭게 발견하게 되는 시기가 찾아 왔다. 누구라도 그러한 것처럼 나 역시 천천히 깨어나는 성에 대한 감정에 사로잡힌 것이다. 그것은 적으로, 파괴자로, 금지된 것으로, 죄악으로 나에게 들이닥쳤다.

나의 호기심이 찾는 것, 꿈과 쾌락, 불안이 나에게 가져다 준 것, 그리고 야릇한 사춘기의 비밀들은, 울타리로 둘러싸인 소년 시절의 평화로운 행복에는 어울리지 않았다. 나는 다른 사람들이 하는 대로 행동했다. 더 이상 어린애가 아닌 아이의 이중생활을 한 것이다. 나의 의식은 가정과 허용된 세계 속에서 살면서, 내부에서 어렴풋이 싹터오는 새로운 세계를 부정했다. 그러나 동시에 나는 감춰진 꿈과 충동과 소망 속에서도 살았다. 그 위에서 내 의식이 걸쳐 놓은 구름다리는 점점 더 위태로워졌다. 나의 내부에서 소년의 세계가 붕괴하고 있었기 때문이다.

대부분의 부모들처럼 나의 부모님도 눈뜨는 생명력의 충동에 대해서는 전혀 언급하지 않았고, 아무 도움도 주지 못했다. 단지 끊임없는 배려와 사랑으로, 성에 눈뜨게 된 현실을 부정하고, 비현실적이고 거짓된 어린 세계 속에 안주하려는 나의 헛된 노력을 도와줄 뿐이었다.

부모가 이런 경우에 어떤 일을 얼마나 할 수 있는지 나는 모른다. 그러므로 나는 내 부모를 비난할 생각은 전혀 없다. 자신의 일을 처리하고, 자신의 길을 발견하는 것은 나 자신의 일이다. 하지만 나는 유복한 환경에서 자란 대부분의 아이들이 그러하듯이 자신의 일처리에 서툴렀다.

인간은 누구나 이 어려움을 겪어 내야만 한다. 보통 사람들에게 이 시기는, 자신의 생명의 욕구가 주위 세계와 가장 격렬하게 싸울 때이며, 앞으로 나아가기 위해서 가장 치열하게 싸워 얻어 내야 하는 때이다. 사람들은 대부분 죽음과 새로운 탄생을 평생 동안 오직 한 번 체험한다. 유년 시절이 무너져 내리고, 지금까지 사랑했던 모든 것들이 우리를 떠나려 하고, 그래서 우리는 갑자기 드넓은 우주에 달랑 혼자 남겨진 것 같은 고독과 죽음과도 같은 차가움을 뼛속까지 느끼게 되는 것이다.

그리고 대부분의 사람들은 영원히 이 암초에 걸린 채, 평생을 두고 되돌아오지 않는 과거에, 모든 꿈 중에서도 가장 사악하며 살인적인 꿈, 잃어버린 낙원의 꿈에 달라붙어 있는 것이다.

내 이야기로 돌아가자. 나에게 소년 시절의 종말을 고해준 감정이나 환영은 굳이 이야기할 필요가 없을 것이다. 중요한 것은 어두운 세계, 또 하나의 다른 세계가 다시 나타났다는 것이다. 일찍이 프란츠 크로머였던 것이 지금은 나 자신의 내부에서 나타났다. 그래서 또 하나의 다른 세계는 외부에서도 나에게 위력을 떨치게 되었다.

크로머 사건 이후 몇 해가 지났다. 내 삶의 그 극적이고 죄악에 찬 시절도 아주 멀리 가버려 마치 짧막한 악몽을 꾼 것 같았다. 프란츠 크로머는 이미 오래전에 나의 생활로부터 사라져 버렸다. 가끔 그와 마주쳐도 거의 신경도 쓰지 않을 정도였다. 그러나 내 비극의 또 다른 주인공이던 막스 데미안은 여전히 내 주위에 있었다. 눈에는 보이지만 영향을 미치지는 않는 먼 끝자락에 오랫동안. 그러던 그가 조금씩 가까이 다가와 다시 영향력을 발휘하기 시작했다.

그 시절, 내가 데미안에 대해 무엇을 알고 있었는지 생각해 보니 1년, 어쩌면 더 오랫동안 그와 한마디도 하지 않았던 것 같다. 나는 그를 피해 다녔고, 그도 굳이 다가오지 않았다. 어쩌다 마주쳐도 그는 나에게 가볍게 고개를 끄덕여 보일 뿐이었다. 때때로 그의 상냥함 속에서 약간의 냉소와 짓궂은 비난의 미묘한 울림을 느꼈지만 그것은 나의 자격지심 때문이었는지도 모른다. 그와 함께 경험했던 사건도, 당시 그가 나에게 행사했던 기묘한 영향력도 우리 둘 다 잊은 것처럼 보였다.

그의 모습을 떠올려 보니, 일부러 피해 다녔으면서도 나는 늘 그를 의식하고 있었고 그의 존재를 주목하고 있었다는 것을 알겠다. 학교에 가는 그의 모습이 보인다. 혼자서, 때로는 다른 키 큰 학생들 틈에 끼어서, 자기만의 분위기에 둘러싸인 채 자기만의 법칙 속에 살며, 낯설고 외롭고 고요하게, 그들 사이에서 그는 별처럼 걸어간다. 아무도 그를 사랑하지 않았고, 아무도 그와 친하지 않았다. 물론 그의 어머니는 빼고. 하지만 그의 어머니도 그를 어린아이로 취급하지 않고 어엿한 어른으로 대하는 점에서는 같았다.

선생님들도 그를 간섭하지 않았다. 그는 훌륭한 학생이었지만 누구의 마음에도 들 생각이 없었다. 가끔 우리는 그가 어떤 선생님에게 말했다는 이야기의 단편이나 냉혹한 평가, 말대꾸 같은 것을 소문으로 들었는데, 그것은 날카로운 도전이며 야유라는 점에서 참으로 완벽한 것이었다.

눈을 감고 그의 모습을 떠올려 본다. 어디였던가? 맞아. 생각난다. 우리 집 앞 골목이었다. 어느 날 나는 수첩을 손에 들고 우리 집 대문에 붙어 있는 새가 새겨진 낡은 문장을 스케치하고 있는 그의 모습을 발견했다. 창가의 커튼 뒤에 숨어서 지켜보던 나는, 문장을 살피는 그의 주의 깊고 냉정하며 맑은 얼굴을 보고 충격을 받았다. 그것은 어른의 얼굴이었고, 탐구자나 예술가의 얼굴이었고, 유연하면서도 의지로 가득 차 있었으며, 굉장히 밝고 냉철한 두 눈은 모든 것을 다 알고 있는 것 같았다.

다른 모습도 떠오른다. 얼마쯤 지난 뒤 거리에서였다. 학교에서 돌아오다가 우리는 쓰러진 말 주위에 모여 서 있었다. 말은 농부의 짐수레 앞에서 아직도 그 끌채에 매인 채 누워서, 무엇인가를 구하는 것처럼, 애원하는 것처럼 콧구멍을 벌름거리며 헐떡이고 있었다. 보이지 않는 상처에서 피가 흘러내려 말의 옆구리 근처 거리의 하얀 먼지들이 천천히 검붉게 물들고 있었다.

기분이 언짢아져서 얼굴을 돌린 순간 데미안의 얼굴이 보였다. 그는 앞으로 밀고 나오지 않고 데미안답게 뒤쪽에 멀찌감치 편안하고 멋지게 서 있었다. 말의 머리를 향한 그의 시선은 예의 그 깊고 고요하고 열광적이면서도 냉정한 신중함을 지니고 있었다.

나는 아주 오랫동안 그에게서 눈을 뗄 수 없었다. 그때는 분명히 의식하지 못했지만 지극히 독특한 그 무엇을 느꼈던 것이다.

데미안의 얼굴에는, 단지 소년이 아니라 어른의 얼굴이라는 것보다 더 많은 것이 들어 있었다. 전적으로 어른의 얼굴만 있는 것이 아니라 어떤 다른 것, 여자의 얼굴과도 같은 그 무엇이 들어있는 것 같았고, 지극히 짧은 순간이지만, 그 얼굴은 어른도 어린아이도 아닌, 늙지도 젊지도 않은, 어쩌면 몇 천 년은 산 것 같은, 시간을 초월해서 우리가 살고 있는 것과는 다른 시대의 각인이 찍힌 얼굴처럼 보였다.

동물이나 나무나 별이라면 그렇게 보일지도 모른다. 어른이 된 지금 이렇게 말하지만, 그때는 알지 못했고 정확히 느끼지도 못했다. 단지 뭔가 비슷한 느낌이었다. 그는 아름다웠을지도, 내 마음에 들었을지도, 또는 거슬렸을지도 모른다. 그것조차도 분명하지가 않다.

확실한 것은 그가 우리와 달랐다는 사실이다. 그는 동물 같았고 정령 같았으며 환상 같았다. 그의 얼굴이 실제로 어떻게 생겼는지는 생각나지 않지만 아무튼 달랐다. 그는 우리 모두와 상상도 할 수 없을 만큼 달랐다.

다른 기억은 없다. 어쩌면 이런 기억들도 부분적으로는 훨씬 뒤의 인상으로 재구성된 것일지도 모른다.

그와 다시 만난 것은 그로부터 몇 년이 더 지난 뒤였다. 데미안은 그 나이가 되면 교회에서 견진성사를 받는 관습을 지키지 않았다. 그러자 다시 학교에서 그가 사실은 유태인이라느니 이교도라는 소문이 떠돌았고, 어떤 애들은 그와 그의 어머니가 무신론자이거나 사악한 소수 종파라고 떠들었다. 이와 관련하여 그가 어머니와 애인처럼 산다고 들은 것도 같다. 아마 사실은 그의 어머니가 그를 신앙 없이 키웠을 것이다.

그것이 그의 장래에 불리하게 작용할까 두려워졌는지, 어쨌든 그의 어머니는 2년 늦게나마 그를 견진성사에 참가하게 했다. 덕분에 우리는 몇 달 동안의 견진성사 수업을 같이 받게 되었다.

한동안 나는 그에게서 뚝 떨어져 있었다. 그와 연관되고 싶지 않았다. 그는 무수한 소문과 비밀에 둘러싸여 있었고, 특히 크로머 사건 뒤로 내 마음속에는 그에 대한 열등감이 여전히 남아 있었다. 게다가 그때 나는 나 자신의 비밀만으로도 정신이 없었다. 견진성사 수업이 성에 결정적으로 눈뜬 시기와 일치했던 것이다.

의욕은 충분했지만, 신부님의 경건한 가르침은 나에게서 멀리 떨어져 고요하고 성스러운 비현실 속에 놓여 있었다. 그것은 매우 아름답고 가치 있어 보이긴 했지만 절대로 현실적이지 않았고 자극적이지도 않았다. 그러나 성에 관한 모든 일은 지극히 생생하고 자극적이었다.

수업에서 관심이 멀어질수록 나의 관심은 다시 막스 데미안에게 향했다. 우리를 묶는 뭔가가 있는 것 같았다. 이 끈을 나는 충실하게 따라가야겠다.

아직 교실에 불을 켜야 했던 이른 아침의 수업 시간이었던 것으로 기억한다. 종교 담당 선생님이던 신부님이 카인과 아벨 이야기를 하고 있었다. 나는 너무나 졸려서 거의 듣지도 않았다. 신부님이 소리를 높여 열정적으로 카인의 표지에 대해 이야기하기 시작했다.

순간 나는 누군가 만지는 것 같은, 일종의 경고 같은 것을 느꼈다. 눈을 들어 보니 앞쪽에서 데미안이 나를 뒤돌아보고 있었다. 조롱인지 진지함인지 모를 표정으로 밝은 눈은 뭔가 말하는 것 같았다. 아주 짧은 순간이었지만 나는 정신이 번쩍 들었다.

나는 바짝 긴장해서 신부님의 강론을 들었다. 그리고 그가 가르치는 대로만은 아니고, 다른 견해가 얼마든지 있을 수 있고, 비판의 여지도 있다는 생각이 내 속에서 꿈틀거리는 것을 느꼈다.

그 순간 데미안과 나는 다시 연결되었다. 기묘한 것은 두 영혼이 함께 한다는 연대감을 내가 느끼자마자, 마술처럼 그것이 공간적인 것으로 옮겨졌다는 것이다. 그가 그렇게 한 것인지, 아니면 순전히 우연이었는지 알 수 없지만 당시의 나는 우연이라고 굳게 믿었다.

며칠 뒤에 데미안은 갑자기 자리를 바꾸어 내 바로 앞자리에 앉았다. (아침마다 아이들로 빽빽하게 들어찬 교실의 답답한 공기 속에서 그의 뒷덜미에서 풍기던 비누 냄새가 얼마나 싱그러웠던지 아직도 기억한다) 그리고 며칠 뒤에 그는 다시 자리를 바꿔 내 옆에 앉았는데 그 겨울과 다음 해 봄까지 내내 그 자리에 앉았다.

아침 수업 시간은 완전히 달라졌다. 더 이상 졸리지도 지루하지도 않았다. 나는 그 시간이 좋아졌다. 가끔 우리는 굉장한 집중력을 갖고 신부님의 말에 귀를 기울였다. 그는 눈짓 하나로 주목할 만한 이야기나 신기한 잠언을 나에게 시사했고, 단호한 눈길로 나에게 비판과 의혹을 일깨우도록 경고했다.

그러나 우리는 수업을 전혀 듣지 않고 딴짓을 할 때도 많았다. 데미안은 선생님과 반 아이들에게 늘 상냥했다.

다른 아이들처럼 못된 장난을 하는 것을 본 적이 없고, 큰소리로 웃거나 잡담하는 것도 들어 본 적이 없으며, 선생님의 꾸중을 듣는 일도 절대로 없었다. 그러나 그는 자기의 일에 나를 끌어들이는 요령을 알고 있었다. 귓속말 따위가 아니라 신호나 눈짓으로. 그리고 그가 보여주는 일은 가끔 아주 기묘할 때도 있었다.

예를 들면 그는 자신이 관심을 갖고 있는 학생들에 대해 애기하면서, 어떤 방법으로 그들을 연구하는지 말해주는 것이었다. 그는 많은 학생들을 아주 자세히 알고 있었다. 어느 날 그는 수업 시작 전에 내게 말했다.

"내가 엄지손가락으로 신호하면, 저애가 우리를 돌아보거나 목을 긁을 거야."

수업이 시작되고 내가 그 일을 거의 잊고 있을 때, 그가 갑자기 보란 듯이 엄지손가락 신호를 보냈다. 나는 재빨리 지목된 학생을 바라보았다. 그 아이는 마치 줄에 매여 당겨진 것처럼 뒤를 돌아보고 목을 긁었다.

나는 선생님에게도 한번 시험해보라고 졸랐으나 그는 거절했다. 그러던 어느 날 수업에 들어가면서 나는 그에게, 오늘 숙제를 안 해서 신부님이 나한테 아무 것도 안

시켰으면 좋겠다고 말했다. 신부님이 교리문답의 한 구절을 외게 할 학생을 찾고 있었다. 학생들을 둘러보던 그의 시선이 난처한 내 얼굴을 보았다. 신부님은 천천히 내게로 다가왔다. 손가락으로 나를 가리키며, 곧 내 이름이 그의 입술에서 튀어나올 참이었다.

신부님은 갑자기 혼란을 느끼는 것처럼 목의 칼라를 만지작거리며, 자기의 얼굴을 뚫어져라 쳐다보고 있는 데미안에게 뭔가 물을 것 같더니 갑자기 다시 고개를 돌리고 기침을 한 다음 다른 학생을 지명했다.

이런 장난을 재미있어 하다가 문득 나는 그가 나에게도 같은 장난을 하고 있다는 것을 눈치 챘다. 학교 가는 길에 갑자기 데미안이 좀 떨어져 내 뒤에서 오고 있다는 생각이 들어서 돌아보았더니 정말로 그가 거기에 있었던 것이다.

"너는 정말로 네가 생각하는 대로 다른 사람이 생각하게 할 수 있는 거야?"하고 나는 그에게 물었다.

그는 침착하고 어른스러운 태도로 설명했다.

"아니, 그런 건 할 수 없어. 사람에게는 자유 의지가 없으니까. 신부님이 아무리 있다고 해도 말이야. 사람들은 자기가 원하는 대로만 생각할 수 없잖아. 자기한테도 못하는 일을 남에게 할 수는 없는 일이지. 그러나 어떤 사람을 자세히 관찰하는 것은 누구라도 할 수 있어.

그러면 그가 무슨 생각을 하는지, 무엇을 느끼는지 제법 정확히 맞출 수 있고, 그가 다음 순간에 무슨 일을 할지도 대부분 짐작할 수 있게 되는 거지.

아주 간단해. 단지 사람들이 잘 모를 뿐이지.

물론 연습이 필요해. 예를 들어 볼게.

나비 중에서 암컷이 수컷보다 훨씬 적은 종류의 부나비가 있어. 이 부나비도 모든 동물과 똑같은 방식으로 번식하지. 수컷이 암컷에게 수정시킨 다음 암컷이 알을 낳는 거야. 만약 네가 지금 이 부나비 암컷을 한 마리 갖고 있다면, 이건 자연 과학자들이 수없이 시험한 일이지만, 밤이 되면 수많은 수컷들이 날아오는 걸 볼 수 있어. 몇 시간씩 걸리는 먼 곳에서도 날아오는 거야!

생각해 봐! 몇 킬로미터나 떨어진 그 사방 일대에 있는 수컷들이 모두 단 한 마리의 암컷을 알아내는 거야!

학자들은 그것을 설명하려고 애썼지만 불가능한 일이었지. 훌륭한 사냥개가 눈에 보이지 않는 발자취를 추적

하는 것처럼 일종의 후각 같은 게 있는 거야. 알겠니? 자연은 아무도 설명할 수 없는 이런 일들로 가득 차 있어. 그러나 만약 암컷이 수컷만큼 흔하다면 어떨까? 수컷들은 그렇게 날카로운 후각을 가질 필요가 없을 테지! 그러니까 그 수컷들은 훈련에 의해서 날카로운 후각을 갖게 되었던 거야. 동물이나 사람이나 그의 온 정신과 의지를 하나로 모을 수만 있다면 그런 수준에 도달하게 돼. 그게 바로 네가 생각하는 것과 똑같은 거야. 네가 어떤 사람을 아주 자세히 살펴보면 너는 그 자신보다 그에 관해서 더 많이 알게 돼."

독심술이란 말을 할 뻔했지만 참았다. 먼 과거의 일이 된 크로머 사건이 떠오를 게 뻔했기 때문이다. 참 묘한 일이었지만, 우리는 몇 년 전에 그가 그토록 진지하게 나의 생활에 간섭했던 것에 대해 조금도 내색하지 않았다. 마치 아무 일도 없었던 것처럼, 혹은 서로가 그 일을 잊어버렸다고 굳게 믿는 것처럼, 그런 식이었다. 같이 걸어가다가 길에서 프란츠 크로머를 만난 적이 한두 번 있었는데, 그때도 우리는 시선 교환은커녕 그에 대해 단 한마디도 하지 않았다.

"그럼 의지는 어떻게 되는 거야? 아까는 자유 의지란 없다고 말했잖아. 그런데 지금은 의지를 집중해서 목적에 도달할 수 있다니! 앞뒤가 안 맞는데! 내가 내 의지의 주인이 아니라면 의지를 마음대로 돌릴 수 없지 않을까?"하고 내가 물었다.

그는 내 어깨를 두드렸다. 마음에 든다는 표시를 그는 늘 그렇게 했다. 그는 웃으며 말했다.

"좋은 질문이야. 사람은 언제나 질문해야 하고 언제나 의심해야 해. 그러나 사실은 아주 간단한 거야. 부나비가 그럴 리는 없지만, 만약 그의 의지를 별이나 뭐 그런 곳으로 향했다면 절대로 이룰 수 없어. 부나비는 오로지 자기에게 의미 있고 가치 있는 것, 꼭 필요한 것, 그가 무조건 가져야만 하는 것을 찾았던 거야. 바로 그래서 믿을 수 없는 일까지도 달성할 수 있게 된 거지. 다른 동물들이 갖지 못한 마술 같은 육감을 발달시킨 거야.

인간은 동물보다는 확실히 활동 범위도 더 넓고 흥미를 가진 분야도 훨씬 더 많아. 하지만 그건 상대적으로 봤을 때 그런 것이고, 인간 역시 아주 좁은 테두리에 묶여 있어서, 그걸 벗어나지 못하긴 동물이나 마찬가지야.

무슨 수를 써서라도 북극에 가겠다는 공상이야 얼마든지 할 수 있지. 그러나 그런 일은, 실제로 실행할 수 있고, 맹렬한 의욕을 갖게 하는 일이면서, 그 열망이 내부에서 단단히 자리 잡아서 내 존재 자체가 그 욕망으로 화해버린 경우만으로 한정되는 거야. 그렇게 되면 너의 마음속에서 우러난 명령을 따르는 것만으로 그것은 이루어질 것이고, 너의 의지를 잘 훈련된 말처럼 마음대로 부릴 수가 있게 되는 거야.

우리 신부님이 앞으로는 안경을 쓰지 않게 하겠다고 내가 아무리 애를 쓴들 그건 불가능한 일이지. 그런 건 그냥 장난이야. 그러나 지난 가을에 내가 자리를 옮기려고 마음먹었을 때는 아주 쉬운 일이었지. 여태 아파서 쉬던 아이가 학교에 다시 나왔는데 알파벳순으로 내 앞이었거든. 누군가 자리를 양보해야 했고, 그래서 내가 양보했지. 왜냐하면 내 의지는 기회를 움켜쥘 준비가 되어 있었으니까."

"그랬구나. 그때는 나도 이상하다고 생각했어. 우리가 서로 흥미를 가졌던 그 순간부터 너는 내게 점점 가까이 왔어. 그런데 왜 처음부터 내 옆자리로 오지 않고 내 앞자리에 앉았어?" 내가 물었다.

"그건, 나도 처음엔 내가 어디로 가고 싶은지 몰랐기 때문이야. 나는 단지 뒤로 가고 싶다고만 생각했어. 내 의지는 너에게 가려고 했지만 나는 그것을 의식하지 못했던 거지. 그때 너의 의지가 나를 끌어당겼어. 네 앞자리에 앉았을 때 비로소 나는 소망이 반밖에 이루어지지 않았다는 것을 알았어. 원래는 네 옆에 앉길 바랐던 걸 깨달았던 거야"

"하지만 그때는 새로 들어온 학생이 없었는데."

"없었지. 나는 그냥 내가 원하는 대로 그냥 네 옆으로 자리를 옮겼어. 나한테 자리를 뺏긴 그 아이는 좀 이상하다 생각하면서도 내가 하자는 대로 했어. 신부님도 물론 알고 있었지. 어쨌든 나를 볼 때마다 뭔가 마음이 불편했을 테니까. D로 시작하는 이름을 가진 내가, 아주 뒤쪽의 S 줄에 앉아 있는 건 아무래도 어색한 일이잖아.

하지만 그것은 그의 의식으로 밀고 올라오지 못했어. 왜냐하면 나의 의지가 그것에 대항했고, 자꾸만 그것을 방해했기 때문이야. 어느 날 신부님이 아무래도 뭔가 어울리지 않는다는 것을 느끼고 나를 관찰하기 시작했지.

그럴 때는 아주 간단한 방법이 있어. 그의 눈을 똑바로 바라보는 거야. 사람들은 대부분 그것을 견디지 못해. 불안해지거든. 만약 네가 누구에게 뭔가를 원한다면 그의 눈을 똑바로 쳐다봐. 그런데도 그가 전혀 불안해하지 않으면 그 일은 깨끗이 포기하는 게 좋아. 그러나 그것은 정말 드문 일이야. 그 수법이 통하지 않는 사람은 이 세상에 단 한 사람밖에 없으니까."

"그게 누구야?" 나는 재빨리 물었다.

생각에 잠길 때처럼 그는 눈을 가늘게 뜨고 나를 유심히 바라보더니 아무 대답 없이 눈을 돌렸다. 나는 강렬한 호기심을 느꼈지만 같은 질문을 두 번 할 수는 없었다. 나는 아마 그의 어머니일 거라고 생각했다. 그는 어머니와 매우 가까운 것 같았지만 어머니에 대해 말한 적은 한 번도 없었고, 자기 집에 나를 데리고 간 적도 없었다. 그래서 나는 그의 어머니가 어떤 분인지 전혀 알지 못했다.

그 무렵 나는 가끔 데미안 흉내를 내곤 했다. 내 의지를 모아서 원하는 것을 이루고자 시도해 보았던 것이다.

나에게는 여러 가지 소망이 있었고, 그것들은 하나같이 나에게는 아주 간절한 것이었다. 그러나 그것은 잘 되지 않았고 늘 헛수고로 끝났다. 데미안에게는 말을 꺼낼 수도 없었다. 내가 원하는 것이 무엇인지 그에게 고백할 수 없었던 것이다. 그도 또한 묻지 않았다.

그러는 동안 나의 신앙심에는 많은 틈이 생겼다. 그래도 나는, 어디까지나 데미안의 영향 때문이긴 하지만, 완전한 무신앙을 과시하는 다른 급우들과는 차원이 다른 것으로 뚜렷이 구별하고 있었다.

그런 친구들이 몇 있었다. 그들은 단 하나의 신을 믿는 것은 우습기도 하거니와 인간의 품위 문제라느니, 삼위일체나 예수가 동정녀한테서 태어났다는 이야기는 넌센스라느니, 요즘 세상에 사람들이 아직도 그런 시시한 것을 내세우는 것은 창피한 일이라느니 떠들었다.

나는 절대로 그렇게 생각하지 않는다. 회의를 느낀다 해도 유년 시절의 경험에서 나의 부모님처럼 경건한 생활이 실재한다는 것, 그리고 그것은 절대로 가치 없는 것도 위선적인 것도 아니라는 것을 알고 있었다. 오히려 종교적인 것 앞에서 나는 여전히 외경심을 느꼈다.

단지 데미안 덕분에 나는 성서의 이야기와 교리를 보다 자유롭고, 개인적이고, 유희적이고, 환상적으로 보는 일에 익숙해진 것뿐이었다. 나는 그의 견해를 항상 기꺼이 따랐다. 물론 너무 극단적이라고 생각되는 것도 많았다. 예를 들면 카인의 해석이 그랬는데, 그보다 더 대담한 해석으로 나를 놀라게 한 적도 있었다.

견진성사 수업 시간에 선생님이 골고다 이야기를 해주었을 때였다. 아주 어렸을 때부터 성서 속 구세주의 고난과 죽음은 나에게 굉장히 인상적인 것이었다. 간혹 성 금요일(그리스도의 수난일) 같은 날에 아버지가 구세주의 수난 이이야기를 낭독하시면 어린 소년이었던 나는 진심으로 감동하여, 고난으로 가득 찬, 아름답고 창백하며 유령 같으면서도 생생하게 살아 움직이는 겟세마네 동산에서, 골고다 언덕 위에서 살았던 것이다. 그리하여 바흐의 〈마태수난곡〉을 들을 때마다, 신비로운 세계의 어두운 힘으로 가득 찬 수난의 광채가 찬란하게 전율하며 나의 마음에 넘쳐흘렀던 것이다. 나는 지금도 이 음악과 그의 '비극적 행동(Actus tragicus)'을, 모든 시와 예술적 표현의 정수라고 생각한다.

수업이 끝난 뒤에 데미안은 뭔가 생각에 잠긴 표정으로 말했다.

"뭔가 수상하지 않니, 싱클레어? 그 이야기를 다시 읽으면서 음미해 봐. 뭔가 맥 빠진 느낌이 있어. 문제는 두 도둑놈인데 말이야. 십자가가 세 개나 언덕 위에 나란히 서 있는 건 정말 장관일 거야! 하지만 정직한 도둑이라니, 너무 감상적이지 않니! 처음부터 그는 범죄자였고 얼마나 지독한 짓을 하며 살았는지 모르는 사람이 없는데, 별안간 착한 사람이 되어 마음을 고친다느니, 후회한다느니 하며 찔끔거렸다는 거야! 무덤이 두 발짝 앞에 있는데 그런 후회가 무슨 의미가 있어?

넌 어떻게 생각해? 수도사들이 꾸며낸 이야기 같지 않니? 달달하고 눈물겨운 이야기로 사람들을 교화시키겠다는 의도가 역력해. 만약 네가 지금 두 도둑 중에서 하나를 친구로 선택해야 한다거나, 두 사람 중에 누굴 더 믿을 수 있는지 생각한다면, 일단 눈물이나 찔끔거리는 전향자가 아닌 건 확실하잖아?

보나마나 다른 녀석일 게 틀림없어. 적어도 그는 사나이야. 그는 오기가 있어. 이제 와서 마음을 고쳐먹다니 웃기는 일이라고 생각하지. 마지막 순간에 악마와 절교하는 따위의 비겁한 일은 하지 않아. 이제껏 악마에게 얼마나 신세를 졌는데 말이야. 아무튼 개성 있는 사람은 성경 이야기에선 언제나 손해야. 혹시 그 도둑도 카인의 후예였을까? 넌 어떻게 생각해?"

나는 정말 놀랐다. 이제껏 나는 그리스도의 수난에 대해서 아주 잘 안다고 믿었는데, 그것이 얼마나 빈약하고 판에 박힌 상상력이었는지 깨달았던 것이다. 그렇다고 데미안의 새로운 사고방식을 그대로 받아들일 수는 없었다. 그것은 내게 너무 치명적이었다. 그것은 지금까지의 나의 삶을 단번에 뒤엎는 것이었다. 나는 이 관념만은 고수해야 한다고 생각했다. 그가 멋대로, 가장 신성한 것까지 농락하게 할 수는 없었다.

그는 언제나처럼, 내가 미처 입을 열기도 전에 나의 저항을 금방 알아챘다. 그는 체념한 듯 말했다.

"알았어. 옛날이야기일 뿐이야. 그렇게 심각할 거 없어! 내가 말하고 싶은 건, 그저 이 이야기 속에 종교의 결점이 뚜렷이 나타나 있다는 거야. 구약과 신약 성서에서 보이는 하느님은 완전하지만 원래 그가 나타내야 할 것을 다 나타내지 못한다는 거야. 하느님은 선한 것, 고귀한 것, 아버지와 같은 것, 아름다운 것, 그리고 높은 것이기도 하고 감상적인 것이기도 해. 그건 그래!

그러나 세상은 다른 것으로도 이루어져 있어. 그런데 다른 것 모두를 악마의 탓으로 돌려버린 거야. 그렇게 세상의 절반을 은폐하고 묵살하는 거지. 하느님을 생명의 아버지로 기리면서, 생명의 근원을 이루는 모든 성적 생활을 간단하게 묵살하고, 악마의 짓이나 죄로 설명하고 있단 말이야!

사람들이 하느님을 숭배하는 것은 좋아. 나는 전혀 반대하지 않아. 그러나 나는 모든 것을 포괄적으로 숭배해야 한다고 생각해. 인위적으로 분리한, 공인된 반쪽 세상뿐만 아니라 온 세상을! 그러니까 우리는 신에게 예배하는 것처럼 악마에게도 예배해야 해. 나는 그것이 옳다고 생각해. 아니면 악마까지도 자기 속에 포함하는 하느님을 창조하든지. 세상에서 가장 자연스런 일이 일어나도 눈감을 필요가 없는 신 말이야."

평소답지 않게 격렬한 말투였다. 그는 곧 다시 미소를 지었다. 그리고 더 이상은 나에게 강요하지 않았다.

그러나 그것은 내 어린 시절 전체를 통해 언제나 마음 속에서 떠나지 않던 수수께끼를 건드렸다. 하느님과 악마, 공인된 신의 세계와 묵살된 악마의 세계에 대한 데미안의 이야기는 바로 나 자신의 생각이었고 신화였으며, 세상은 두 개의 세계, 밝은 세계와 어두운 세계로 이루어져 있다는 사고방식이었다.

내 문제가 모든 사람의 문제이며, 삶과 사색의 문제라는 인식이 갑자기 성스러운 그림자처럼 나를 스쳐 지나갔다. 그리고 나 개인의 삶이 위대한 이념의 영원한 흐름 과 얼마나 깊이 연결되어 있는지 깨닫는 것과 동시에 불안과 경건이 나를 엄습했다. 그것은 나의 자존감을 높여주는 만족스러운 것이었지만 마냥 기쁘기만 한 것은 또 아니었다. 이제 스스로 성장해야 한다는 책임의 의미가 준엄하게 깃들어 있었기 때문이다.

나는 아주 어렸을 때부터 품고 있던 '두 개의 세계'에 대한 견해를 데미안에게 이야기했다. 이렇게 깊은 비밀을 털어놓은 것은 처음이었다. 그는 내 마음 깊숙이에 있는 생각이 그의 생각과 일치한다는 사실을 곧 알아차렸지만 그런 것을 이용할 사람은 아니었다.

그는 너무나도 진지하게 내 말을 들었다. 나는 그의 눈길에서 시선을 돌렸다. 그의 눈에서 다시금 동물적인 무시간성과, 측정할 수 없는 나이를 보았기 때문이다. 그가 부드럽게 말했다.

"그 얘긴 나중에 다시 하자. 네가 말로 표현하는 것보다 생각이 훨씬 많은 사람이라는 걸 알아. 넌 네가 생각하는 대로 살지 못했다는 것도 알 거야. 그건 좋지 않아. 생각은 그것을 실제로 사는 것으로 가치를 갖는 거야. 너에게 '허용된 세계'가 세계의 절반이라는 것도 이미 알고 있었는데도 넌 신부님이나 선생님들처럼 자신에게 숨기려고 했어. 하지만 그렇게는 안 될 걸! 일단 사색하기 시작한 사람에게 그건 불가능한 일이야."

이 말은 비수처럼 내 가슴을 찔렀다. 나는 거의 비명처럼 외쳤다.

"그렇지만 금지된 일들 중에는 정말로 천박한 일도 많잖아. 그건 너도 부정하지 못하겠지! 절대로 금지된 일은 단념해야 해. 살인 같은 온갖 죄악이 세상에 많다는 것은 나도 알아. 그러나 그런 것이 존재한다는 이유만으로 범죄자가 될 건 없잖아?"

그는 나를 위로했다.

"오늘 당장 그 문제를 해결할 순 없어. 내 말은, 너더러 살인을 하거나 소녀를 강간하라는 게 아니야. 너는 아직 '허용된 것'과 '금지된 것'의 본질을 통찰할 수 있는 데까진 이르지 못했어. 넌 이제 겨우 진리의 한 조각을 감지했을 뿐이야. 다른 것도 차츰 알게 될 거야.

예를 들면, 넌 1년쯤 전부터 아주 강렬한 충동을 느끼고 있을 거야. 그것은 금지된 것에 속하지. 하지만 이 충동을 신적인 것으로 떠받들고 숭배하며 축제를 벌였던 민족들도 많아. 특히 그리스인들이 그랬지.

그러니까 금지된 것은 절대적이 아니라 상대적이라는 거야. 지금도 신부님에게 가서 결혼만 하면 여자와 잘 수 있잖아. 민족마다 방식이 다를 뿐이야. 그러니까 우리는 무엇이 허락되고, 무엇이 금지되었는지 스스로 찾아야 해. 금지된 것을 전혀 범하지 않고도 엄청난 악당일 수 있고 그 반대일 수도 있어.

사실 그건 편의상의 문제야! 생각하는 것이 귀찮고 자신을 재판하는 것이 싫은 인간들은 정해진 규율과 속박에 기꺼이 복종하지. 그게 편하니까. 그러나 자신의 내부에서 계명을 느끼는 사람도 있어. 그런 사람에게는 세상의 모든 신사들이 매일 하는 일이 금지되기도 하고, 절대금지 딱지가 붙은 일이 허용되기도 해. 책임은 각자에게 있는 거야."

말을 너무 많이 했다고 생각했는지 그는 갑자기 말을 끊었다. 나는 그때 이미 느낌으로 그의 생각을 어느 정도 파악할 수 있었다. 그는 언제나 자기의 생각을 대수롭지 않게, 가볍게 말하곤 했지만, 언젠가 그가 표현한 대로 '말을 위한 말'은 지독하게 싫어했는데, 내 경우에는 진짜로 관심 있는 것 말고도 재치 있는 말을 좋아한다든지 장난스런 요소가 많았다. 간단히 말하면, 온전한 진지함이 결여되어 있다는 것을 그는 느꼈던 것이다.

방금 마지막으로 쓴 '온전한 진지함'이란 말을 다시 읽으니 갑자기 막 떠오르는 장면이 있다. 아직 반은 어린 아이였던 그 시절에 막스 데미안과 겪은 가장 강렬한 장면이다.

우리의 견진성사가 다가왔다. 종교 수업의 마지막 몇 시간은 최후의 만찬에 관한 것이었다. 신부님은 진지하고 열성적이었다. 그 수업에는 신성한 분위기와 뭔가 축복 같은 것이 있었다. 그러나 나의 생각은 다른 곳에 묶여 있었다. 내 친구의 인품에. 교회라는 공동체로의 엄숙한 입문이라고 설명되는 견진성사를 준비하는 반년가량의 종교 교육의 가치는, 내가 여기서 배운 데 있는 것이 아니라, 데미안 옆에서 그의 영향을 받은 것에 있다는 생각을 피할 수 없었던 것이다.

나는 지금 입교를 위하여 준비된 것이 아니라, 무엇인가 아주 다른 곳, 지상 어딘가에 존재하고 있을 사상과 인격의 교단으로 들어가기 위한 것이었으며, 그 대표자 혹은 사도는 바로 내 친구였다.

나는 그런 생각을 떨치려고 해 보았다. 어쨌든 견진성사 의식만큼은 엄숙한 마음으로 치르겠다고 진지하게 생각했다. 그러나 그것은 나의 새로운 생각들과는 거의 어울리지 않았고, 아무리 생각해도 달라질 게 없었다. 그리고 그것은 가까이 다가오는 교회의 의식과 연결되었다. 나는 다른 아이들과는 다른 태도로 견진성사를 치를 각오를 했다. 데미안을 통해 알게 된 사상의 세계로의 입문이었다.

그 무렵, 나는 다시 그와 활발하게 토론하고 있었다. 종교 수업시간 바로 전에도 그랬다. 내 친구는 시큰둥하게 내 말을 듣고 있었다. 아마 내가 잘난 체하면서 시건방지게 말했기 때문일 것이다. 그는 전에 없이 진지하게 말했다.

"우리는 말이 너무 많아. 아는 체하면서 아무리 떠들어도 의미 없어. 전혀. 자기 자신에게서 멀어질 뿐이지. 자기 자신에게서 멀어지는 것은 죄악이야. 사람은 거북이처럼 자신의 내부로 완전히 들어갈 수 있어야만 해."

우리는 교실로 들어갔다. 수업이 시작되었다. 나는 집중하려고 노력했고, 데미안도 나를 방해하지 않았다. 잠시 후에 나는 뭔가 독특한 느낌, 공허 같기도 하고 냉기 같기도 한 느낌을 받았다. 문득 옆자리가 텅 빈 것 같았다. 숨이 막힐 것 같은 느낌으로 나는 옆을 돌아보았다.

내 친구는 여느 때처럼 반듯한 자세로 앉아 있었다. 그렇지만 보통 때와는 아주 다르게 보였다. 내가 알지 못하는 그 무엇이 그의 내부에서 나와 그를 에워싸고 있었다. 눈을 감고 있는 줄 알았는데 자세히 보니 눈은 뜬 채였다. 그러나 그 눈은 아무것도 보고 있지 않았다.

내면을 향해, 어쩌면 아주 먼 곳을 향해 있었다. 미동도 없이 그는 앉아 있었고, 숨조차 쉬지 않는 것 같았다. 입술은 나무나 돌로 깎아 만든 것 같았고, 창백한 얼굴에는 돌처럼 핏기가 없었다. 그의 갈색 머리칼만이 뚜렷이 살아 있는 듯했다. 책상 위에 놓인 손은 돌이나 과일 같은 정물처럼 창백하고 움직임이 없었다. 그러나 축 늘어진 것은 아니었고, 그 속에 감춰진 강력한 생명을 감싼 단단하고 질 좋은 껍질처럼 보였다.

그 모습에 나는 전율했다. 하마터면 그가 죽었다고 큰 소리로 말할 뻔했다. 그러나 나는 그가 죽지 않았다는 것을 알고 있었고, 그의 얼굴, 돌처럼 창백한 그 가면을 뚫어지게 바라보았다. 이것이야말로 데미안이라고 느꼈다. 나와 걷던, 나와 이야기를 나누던 여느 때의 그는 다만 반쪽짜리 데미안이었던 것이다. 자기 역할을 연기하고 상대에 맞춰 순응하고 친절하게 대했던 반쪽. 진짜 데미안은 이처럼 무정하고, 태고의 돌처럼 고색창연하고, 아름답고, 차갑고, 죽어 있는 동시에 은밀하고 엄청난 생명력으로 가득 차 있다. 그리고 그의 주위를 둘러싼 이 고요한 공허, 이 영기와 별처럼 고독한 죽음!

그가 완전히 자기 속으로 침잠해 버렸다는 것을 깨닫고 나는 몸을 부르르 떨었다. 그토록 고독했던 적은 없었다. 그에게 나는 아무 상관없는 사람이었다. 그는 나에게서 아주 멀리, 세상에서 가장 먼 섬에 있었다.

아무도 그것을 보지 못하다니 이상한 일이었다. 모두가 이쪽을 보는 게 당연하지 않나! 모두가 놀라 전율하는 것이 맞지 않나! 그러나 아무도 그를 돌아보지 않았다. 그는 마치 조각처럼, 아니 우상처럼 꼿꼿하게 앉아 있었다. 파리 한 마리가 그의 이마에서 천천히 코로 입술로 기어갔다. 그러나 그는 얼굴 근육 하나 움직이지 않았다.

그는 어디에 있는 것일까? 그는 무엇을 생각하고 있을까? 무엇을 느끼고 있을까? 천국에 있는 걸까? 지옥에 있는 걸까?

수업이 끝날 즈음 그가 다시 살아서 숨을 쉬었다. 나와 눈이 마주쳤을 때, 그는 이미 평소의 데미안으로 돌아와 있었다. 그는 어디서 왔을까? 그는 어디에 있었을까? 그는 지쳐 보였다. 얼굴에는 다시 핏기가 돌고 손도 다시 움직였지만 그의 갈색 머리카락은 광채를 잃었다.

그 뒤로 며칠 동안 나는 침실에서 새로운 연습에 몰두했다. 의자에 꼿꼿이 앉아 눈을 고정했다. 꼼짝도 하지 않고 그 자세로 얼마나 오랫동안 견딜 수 있는지, 그러는 동안 무엇을 느끼게 될지 기다렸다. 하지만 나는 그저 피곤할 뿐이었고 눈꺼풀에 경련이 일었을 뿐이었다.

드디어 견진성사가 거행되었지만 특별히 기억나는 일은 없다.

이제 모든 것이 달라졌다. 어린 시절은 내 주위에서 산산이 부서진 채 폐허로 남았다. 부모님은 왠지 난처한 얼굴로 나를 바라보았고, 누나들도 아주 낯설어졌다. 익숙했던 감정들과 기쁨들도 빛바랜 것이 되었다. 정원은 향기를 잃었고 숲은 마음을 끌지 못했으며, 나를 둘러싼 세상은 싸구려 고물처럼 김빠지고 매력 없이 서 있었다. 책은 그저 종잇조각이었고 음악은 소음에 불과한 것이 되었다. 그것은 가을날, 나뭇잎이 떨어지는 것과 같다. 나무는 그것을 신경 쓰지 않는다. 비가 내리고, 햇살이 비치고, 서리가 내린다. 그리고 생명은 천천히, 나무의 가장 깊숙하고 가장 비좁은 곳으로 들어간다. 나무는 죽는 것이 아니다. 기다리는 것이다.

방학이 끝나면 나는 처음으로 집을 떠나 다른 학교로 갈 예정이었다. 어머니는 가끔 아주 정답게 나에게 다가왔다. 이별하기 전에 미리 사랑과 향수, 잊지 못할 추억들을 내 가슴속에 심어두려는 것 같았다. 데미안은 여행을 떠났다. 나는 혼자였다.

4.
베아트리체

데미안을 다시 보지 못한 채 방학이 끝날 무렵 나는 성 ××시로 떠났다. 부모님이 세심하게 이것저것 따져가며 나를 어떤 고등학교 선생이 감독하는 기숙사에 맡겼다. 나를 어떤 곳에 들여보냈는지 부모님이 알았다면 놀라서 굳어버렸을 텐데. 문제는 항상 똑같았다. 시간이 흐름에 따라 내가 선량한 아들이 되고 쓸모 있는 시민이 될 것인가, 아니면 내 천성이 나를 다른 길로 이끌 것인가. 아버지의 가정과 그 정신의 그늘 속에서 행복해지려는 나의 마지막 시도는 오랫동안 계속되었고, 거의 성공할 뻔한 적도 있었다. 그러나 결국은 완전한 실패였다.

견진성사 뒤의 방학 동안 내가 처음으로 느꼈던 묘한 공허감과 고독은 쉽게 가시지 않았다. 그 후로도 나는 얼마나 자주 그 공허감, 그 희박한 공기를 맛보았던가! 집을 떠나는 것은 부끄러울 정도로 쉬웠다. 누나들은 울었지만 나는 그렇게 할 수 없었다. 나는 어이가 없었다. 원래는 다정다감하고 선량한 아이였던 내가 지금은 아주 변해버린 것이다. 외부 세계에 대해서는 전혀 무관심했고, 내면의 소리에 귀를 기울이고, 내 마음속 깊이 흐르는 금지된 어두운 강물 소리를 듣는 데에만 몰두했다.

이 반년 동안에 나는 갑자기 키가 자라 야위고 어중간한 상태였다. 소년의 상냥함은 사라졌다. 내가 봐도 남에게 사랑받기는 틀렸고 나 자신에게도 그랬다. 나는 자주 막스 데미안이 그리웠고, 그러면서도 가끔은 그를 미워하며 내가 이토록 메마른 사람이 된 것을 그의 탓으로 돌리기도 했다.

기숙사에서 나는 사랑도 존경도 받지 못했다. 처음에는 나를 놀려먹던 친구들도 나에게서 떨어져 나갔다. 나는 점점 음침한 녀석, 별난 녀석으로 인식되었고, 그 역할이 마음에 들었다.

나는 그런 태도를 과장하면서 나의 고독 속으로 기어들었다. 겉으로는 남자답고, 세상을 멸시하는 표정을 지었지만 남모르는 고독과 절망의 발작에 시달리고 있었다. 학교에서는 지금까지 축적된 지식으로 견뎠다. 먼저 학급에 비해 수준이 낮아서 나는 또래 친구들을 우습게 보고 어린애 취급하는 버릇이 생겼다

1년, 어쩌면 그 이상을 그렇게 지냈다. 방학 때 처음 고향으로 돌아왔을 때도 달라진 것은 없었으며 나는 기꺼이 학교로 돌아갔다.

11월 초순이었다. 잠깐씩 산책하며 생각에 잠기는 습관이 생겼다. 그러는 동안 나는 일종의 환희를 느꼈다. 세상에 대한 멸시와 자기 멸시로 가득 찬 강렬한 환희였다. 그날 저녁에도 나는 축축하게 안개 낀 해 질 무렵의 도시를 어슬렁거리고 있었다. 아무도 없는 공원의 넓은 가로수 길은 두텁게 쌓인 낙엽으로 덮여 있었다. 나는 알 수 없는 쾌감을 느끼면서 낙엽을 발로 뒤적였다. 축축하고 씁쓸한 냄새가 났다. 먼 잡목 숲의 나무들이 유령처럼 안개 속에서 불쑥 나타나곤 했다.

가로수길 끝에서 나는 어느 쪽으로 갈까 망설이며, 거무칙칙하게 썩어가는 나뭇잎의 눅눅한 냄새를 깊이 들이마셨다. 나의 내부에서 그 냄새에 답하고 기꺼이 맞아들이는 뭔가 있었다. 아! 얼마나 무의미한 인생인가!

옆길에서 깃 달린 외투를 펄럭이며 누군가 걸어 나왔다. 내가 발길을 옮기려 하자 그가 나를 불렀다.

"싱클레어!"

기숙사에서 가장 나이 많은 알폰스 벡이었다. 나한테, 다른 아이들을 대할 때처럼 놀려먹고, 아저씨처럼 군다는 것만 빼면 아주 괜찮은 녀석이었다. 곰처럼 힘이 센 걸로 유명해서 기숙사 선생님까지 장악한다는 소문이 있었으며 그것 말고도 그는 여러 가지 소문의 주인공이었다.

그가 다정하게 말을 걸었다. 선배가 후배에게 말을 거는, 상대를 얕보는 태도가 역력한 말투였다.

"여기서 뭐하니? 알겠다. 시를 짓고 있었지?"

"천만에." 나는 무뚝뚝하게 잘랐다.

그는 큰 소리로 웃더니 나와 나란히 걸으면서 떠들기 시작했다. 졸업한 지 오래 된 유치한 말장난들이었다.

"싱클레어, 내가 이해 못할까봐 그래? 저녁 안개 속을 가을 상념에 잠겨 걸어갈 때는 뭔가 있는 거지. 시를 짓고 싶은 마음이 드는 건 자연스러운 거야. 죽어가는 자연을 보면서 사라져가는 청춘을 생각하는 그런 거, 하인리히 하이네처럼."

"난 그렇게 감상적이지 않아."

나는 그의 말을 끊었다.

"아무튼 날씨도 그렇고 포도주 한 잔 하러 갈 건데 같이 갈래? 마침 혼자라서 말이지. 싫으면 관두고, 굳이 모범생을 유혹할 생각은 없으니까."

우리는 변두리에 있는 조그만 술집에 앉아 싸구려 포도주를 마시며, 두꺼운 유리잔을 부딪쳤다. 처음엔 어색했지만 어쨌든 새로운 일이긴 했다. 그러나 술에 익숙하지 않은 나는 곧 말이 많아졌다. 내 속에서 창문 하나가 활짝 열리는 것 같았다. 세계가 그 안으로 비쳐 들어왔다. 오랫동안, 정말 오랫동안 나는 아무 말도 하지 않고 살았던 것만 같았다. 나는 생각나는 대로 지껄였다. 그러다가 하필이면 카인과 아벨의 이야기까지 꺼내고 말았다.

벡은 아주 즐겁게 내 말을 들었다. 드디어 나도 가르쳐줄 수 있는 사람을 만난 것이다. 그는 내 어깨를 치면서 굉장한 놈이라고 말했다. 지금까지 막혀 있던 욕망이 충족되는 기쁨에 가슴이 부풀었다.

연장자에게 인정을 받고, 굉장하다는 평가를 받는 것은 얼마나 기분이 좋던지. 그가 나를 천재라고 불렀을 때, 그 말은 달콤한 독주처럼 내 마음속으로 흘러들었다. 세상은 새로운 색깔로 불탔고, 생각은 백 개도 넘는 샘에서 콸콸 솟아올랐으며, 예지의 불길이 내 속에서 훨훨 타올랐다. 우리는 선생님과 동급생에 대해서도 이야기했다. 우리는 아주 잘 통했다.

화제는 다시 그리스인과 이교도로 옮겨졌고 마침내 벡은 나의 연애 사건으로 화제를 옮겼다. 나는 할 말이 없었다. 이야깃거리가 전혀 없었던 것이다. 마음속으로 느낀 것, 꾸며낸 것, 상상한 것은 얼마든지 내 속에서 불타오르고 있었지만 술의 힘으로도 그것은 입 밖으로 나오지 않았다.

여자에 관해서는 벡이 훨씬 할 말이 많았다. 나는 그의 말에 귀를 기울였다. 도저히 믿을 수 없는 이야기도 있었다. 현실적으로 불가능할 거라 생각되는 일들이 대수롭지 않게 일어나고 심지어 흔하기까지 한 것 같았다.

알폰스 벡은 18세밖에 안 됐는데도 벌써 경험이 많았다. 그의 말로는, 여자애들은 기분을 맞춰주고 친절하게 대해주면 끝이다. 그것도 나름 재미있는 일이지만 진짜는 아니다. 진짜 재미는 부인들에게서 바랄 수 있다. 부인들은 여자애들보다 훨씬 머리가 좋다.

예를 들면 노트나 연필을 파는 가게의 야겔트 부인은 말이 통하는 상대다. 그 카운터 뒤에서 무슨 일이 일어나는지는 어떤 책에서도 볼 수 없다는 등이었다.

나는 넋이 빠진 것처럼 멍하니 앉아 있었다. 물론 나는 야겔트 부인 같은 여자를 사랑할 수는 없다고 생각했지만 어쨌든 그런 일은 들어본 적도 없는 일이었던 것이다. 적어도 그 가게에서는, 적어도 나이 든 친구들에게는, 내가 꿈에서도 본 적 없는 샘이 솟는 것 같았다. 물론 과장도 있고, 내가 생각하던 사랑보다 훨씬 천박하고 평범한 것이었지만, 어쨌든 그것은 사실이었고, 생활이었으며, 모험이었다. 그것을 경험했고, 그것을 당연하다고 생각하는 사람이 바로 내 앞에 앉아 있는 것이다.

우리의 대화는 점점 더 저속해졌다. 나는 더 이상 천재가 아니었고, 어른의 말을 귀담아 듣는 소년이었다. 그래도 그 몇 달 동안의 내 생활에 비하면 그것은 멋진 낙원이었다. 더구나 그것은 모두 금지된 것들이었다. 술집에 온 것부터 우리가 이야기하고 있는 모든 것이 아주 엄하게 금지되어 있는 것이었다. 그 사실을 깨닫고 나는 불이라도 붙은 것 같은 혁명적인 기분을 맛보았다.

그날 밤의 기억은 하나하나 아주 또렷하다. 밤늦게 희미한 가스등 밑을 지나, 차갑고 축축한 길을 걸어 돌아갈 때 나는 처음으로 취해 있었다. 몹시 고통스러웠지만 거기에는 매력적이랄까, 달콤하달까, 말로 표현할 수 없는 그 무엇이 있었다. 그것은 반란이고 방종이었으며, 생명이고 정신이었다.

벡은 풋내기라고 욕하면서도 끝까지 나를 돌봐주었다. 나를 안다시피 부축해서 마침 열려 있던 기숙사의 복도 창문으로 살짝 숨어들어가는 것까지.

나는 죽은 것처럼 잠이 들었다가 고통에 못 이겨 눈을 떴다. 나는 미칠 듯한 슬픔을 느꼈다. 침대에서 일어났다. 낮에 입었던 셔츠를 그대로 입고 있었고, 옷과 신발은 방바닥에 여기저기 흩어져 있었다. 담배 냄새와 토한 음식 냄새가 났다. 두통과 갈증 속에서 오랫동안 보지 못했던 광경이 마음속에 떠올랐다. 고향, 부모님의 집, 아버지와 어머니, 누나들과 정원, 조용하고 그리운 나의 침실, 학교와 시장, 데미안 그리고 견진성사 수업. 모든 것이 밝았고, 광채에 둘러싸여 있었으며, 놀랍도록 신성하고 깨끗했다. 어제만 해도, 아니 몇 시간 전까지도 나는 그 모든 것을 갖고 있었다. 그 모든 것은 나에게 속해 있었고, 나를 기다리고 있었다. 겨우 그것을 깨달은 지금 그것들은 가라앉았고, 저주받았으며, 더 이상 나에게 속해 있지 않은데다, 나를 몰아내며 더럽다는 듯이 나를 바라보고 있었다!

나의 아득한 황금 시절, 천국 같던 어린 시절에 내가 받았던 모든 소중한 것들이 어머니의 키스, 해마다의 크리스마스, 경건하고 밝았던 주일 아침, 정원의 온갖 꽃들 모두 내 발에 밟혀 모두 황폐해지고 말았다. 지금 율법의 손이 나를 묶어 신전을 모독한 인간쓰레기라며 교수대로 끌고 간다 해도 나는 순순히 따라갔을 것이고, 정당하다고 생각했을 것이다.

이것이 나였다. 세상을 경멸하면서 큰소리치던 나! 강렬한 자부심으로 데미안과 생각을 나누었던 나! 그런 내가 지금은 인간쓰레기, 술 취한 건달, 더럽고, 메스껍고, 천박하고 야비한 충동에 사로잡힌 살벌한 야수였다. 순수와 광채와 사랑으로 가득 찬 정원에서 살던 내가, 바흐의 음악과 아름다운 시를 사랑했던 내가 이 꼴이라니! 술에 취해 통제되지 않는 웃음소리가 들렸다. 혐오와 분노가 치솟았다. 이것이 나였다.

그러나 고통은 나에게 쾌락이 되었다. 너무 오래 한쪽 구석으로 내몰린 채 침묵해야 했던 초라한 내 마음은 탄식과 공포, 불쾌한 감정에까지도 기꺼이 반응했던 것이다. 적어도 그 속에는 감정이 있었고, 타오르는 불꽃이 있었으며, 심장의 두근거림이 있었다. 비참의 한가운데서 나는 혼란스러운 해방감을 느꼈다, 마치 봄 같은.

어쨌든 겉으로는 거침없는 내리막길의 연속이었다. 술 취한 날은 한 번으로 그치지 않았다. 우리 학교에는 술집에 출입하면서 소란을 피우는 학생들이 많았다. 처음에 나는 그런 학생들 가운데 가장 나이 어린 축이었지만, 이윽고 그들 사이에 간신히 끼는 애송이가 아니라

주모자, 중심인물이 되었다. 나는 다시 어두운 세계에서 악마와 손을 잡았고, 그 세계의 멋진 놈이 되었다.

그러면서도 비참한 마음은 어쩔 수가 없었다. 자신을 파괴하는 방탕 속에서 친구들에게는 두목이니, 악마 같은 놈이니, 과감하고 머리가 기막히게 좋은 녀석이니 하는 칭송을 들으면서도, 내 가난한 영혼은 불안하게 떨고 있었다.

어느 일요일 아침, 술집에서 나왔을 때, 깨끗하게 머리를 빗고, 일요일의 옷차림을 한 어린아이들이 밝고 즐거운 모습으로 길에서 뛰노는 것을 보고 나도 몰래 눈물이 흘렀던 것을 지금도 나는 기억한다.

지저분한 술집 식탁에 앉아 맥주 거품을 흘리면서 독설과 냉소로 친구들의 흥을 돋우고 때론 얼빠지게 하면서도 마음속으로는 내가 조소했던 모든 것에 외경심을 품었으며, 나의 영혼 앞에서, 나의 과거 앞에서, 나의 어머니와 하느님 앞에서 무릎을 꿇고 울고 있었던 것이다.

내가 술친구들과 완전히 어울리지 못했던 것, 그들 사이에서도 늘 고독했고, 괴로워했던 것에는 그만한 이유가 있었다.

나는 술집에서는 영웅이고 망나니였고 독설가였다. 선생님이나 학교, 부모님과 교회에 대한 얘기를 늘어놓을 때면 나는 재치와 용기를 보여주었다. 음담패설도 끄떡없이 들어 넘겼고, 심지어 내가 할 때도 있었다.

그러나 친구들이 여자에게 갈 때엔 절대로 함께 가지 않고 혼자 남았다. 나는 건달처럼 보였지만, 사랑에 대한 불타는 동경과 절망적인 그리움으로 가득 차 있었다.

나보다 더 상처받기 쉽고, 내성적인 사람은 아무도 없었다. 때때로 내 앞을 지나가는 아름답고 깨끗하고 밝고 우아한 소녀를 볼 때마다 나보다 천 배는 더 선량하고 순결해서 도저히 손닿을 수 없는 존재라는 생각이 들었다. 한동안 나는 야겔트 부인의 문구점에 가지 못했다. 그녀의 얼굴을 보면 알폰스 벡이 말이 생각나서 얼굴이 붉어졌기 때문이다.

친구들 사이에 있으면서도 나는 끊임없이 고독했고, 그들과 내가 다르다고 생각할수록 나는 더욱 그들에게서 떠날 수 없었다. 술을 취하도록 마시고 거짓말을 해대는 것이 정말 즐거운 일이었는지 지금 생각해도 나는 모르겠다.

게다가 나는 숙취에 시달리지 않아도 될 만큼 술에 익숙해지지 않았다. 그것은 일종의 강제였으며 거의 의무적인 일이었다. 왜냐하면 그때 나는 내가 달리 무엇을 해야 할지 몰랐기 때문이다. 오랫동안 혼자 있는 것이 나는 두려웠다. 사람을 그리워하면서도 나는 그처럼 다정하고 내적인 열렬한 마음이 싹트는 것도 두려웠다. 사람을 사랑하는 것 자체에 불안을 느꼈던 것이다.

나에게 가장 결핍된 것은 친구였다. 내가 좋아하는 동급생이 두셋 있기는 했지만 그들은 얌전한 학생들이었고, 나의 악덕은 오래전부터 누구나 아는 일이라 그들은 나를 피했다. 모두 나를 바탕이 흔들거리는 희망 없는 놈이라고 생각했다. 선생님들도 많은 것을 알고 있었으며, 나는 여러 번 엄중한 벌을 받았다.

내가 결국 퇴학당하는 것은 시간문제였다. 나도 알고 있었다. 사실 나는 오래전부터 선량한 학생은 아니었기 때문에 이런 상태가 계속되기 어렵다는 것을 느끼면서도 어물어물 속여 가며, 가까스로 견딜 뿐이었다.

하느님이 우리를 고독하게 만들어 자신에게로 돌아가게 하는 길은 아주 많다. 그 당시 하느님은 나와 함께 그 길을 걸어갔다. 그것은 마치 악몽과도 같았다. 불안에 시달리며 천박하고 불결한 길을 기어가는 나를 본다. 더럽고 끈적끈적한 것들 사이로, 깨진 맥주잔과 독설로 지새운 밤을 넘어가는 길이다. 공주에게 가던 길에 악취와 오물이 가득 찬 뒷골목 진창 속에 빠졌다는 어떤 사람의 꿈 이야기처럼 나도 바로 그런 꼴이었다.

이런 꼴사나운 방식으로 나는 고독해졌고, 나와 어린 시절 사이에는, 눈에 불을 켠 무자비한 문지기들이 지키는 에덴동산의 문이 세워졌던 것이다. 이것은 나 자신에 대한 향수의 시작이자 각성이었다.

기숙사 사감 선생님의 경고 편지를 받고 아버지가 불쑥 내 앞에 나타났을 때 나는 깜짝 놀랐고 몸이 떨렸다. 그러나 그 겨울의 끝 무렵 두 번째로 아버지가 찾아와서 꾸짖고, 간청하고, 어머니를 생각하라고 했을 때는 그냥 들어 넘겼다. 아버지는 결국 분노를 참지 못하고, 내가 마음을 고쳐먹지 않으면 퇴학을 자청해서 감화원에 넣겠다고 했다. 좋으실 대로! 아버지가 돌아간 다음에는 좀 미안한 생각이 들었다. 아버지는 아무 성과도 없이, 나에게로 통하는 어떤 길도 찾지 못했다.

아무래도 좋다는 생각이 들었다. 내가 어떻게 되든 상관없었다. 술집에 앉아 열이나 올리는 되지못한 방식으로 나는 세상과 싸웠다. 그것이 내가 항의하는 방식이었다. 그렇게 쓸모없는 인간으로 나 자신을 죽여가면서, 세상이 나 같은 사람을 필요로 하지 않는다면, 그래서 더 나은 지위와 더 높은 사명을 줄 수 없다면, 나 같은 인간을 파멸하게 하는 것은 당연하다고 생각했다. 그래서 세상이 손해를 본다 해도 어쩔 수 없지 하면서.

그 해 크리스마스 휴가는 최악이었다. 어머니는 놀라셨다. 몰라보게 성장했고, 홀쭉한 잿빛 얼굴, 느슨한 표정과 충혈된 눈, 돋기 시작한 턱수염 몇 가닥, 얼마 전부터 쓰기 시작한 안경이 어머니에게 낯설었던 것이다. 누나들은 뒤에서 킥킥거렸다.

불쾌했다. 서재에서 아버지와 나눈 대화도 불쾌했고 몇몇 친척들의 인사도 불쾌했으며 크리스마스이브는 더 불쾌했다. 우리 집에서 크리스마스는 늘 굉장한 날이었다. 축제와 사랑과 감사의 밤이었으며, 부모님과의 유대를 새롭게 해주는 밤이었다. 그런데 이번에는 나를 압박하고 난처하게 했다.

전처럼 아버지는 '그들은 거기에서 양떼를 지키고 있었다.'라는 들판의 목자에 대한 복음서를 읽으셨고, 누나들은 전처럼 눈을 빛내면서 선물이 놓인 테이블 옆에 서 있었다. 그러나 아버지의 목소리는 즐겁지 않았고, 얼굴은 늙고 작아진 것 같았으며, 어머니는 슬퍼 보였다. 선물도, 축하 인사도, 복음서와 불 켜진 나무도, 달콤한 냄새로 감미로운 추억의 두꺼운 구름을 몰고 오는 꿀과 호두로 만든 과자도 전나무 향기도 나는 그저 고통스럽고 귀찮아서 크리스마스이브가 어서 지나가기만 바랐다.

겨우내 이런 상태가 계속되었다. 얼마 전에는 직원회에서 심한 경고와 함께 제명 위협을 받았다. 이제 오래 가지는 못할 것이다. 나는 상관없었다.

나는 막스 데미안에게 특별한 노여움을 가지고 있었다. 벌써 오랫동안 그를 한 번도 보지 못했고, 성×× 시에서 초기에 그에게 두 번 편지를 썼는데 답장을 받지 못했다. 그래서 나는 이번 방학 동안에도 그를 찾아가지 않았다.

지난 가을 알폰스 벡을 만났던 그 공원에 가시울타리가 푸르러지기 시작한 초봄, 나는 메스꺼운 생각과 근심에 가득 차서 혼자 산책하고 있었다.

건강이 나빠진데다 빚에 쪼들리고 있었기 때문에 집에서 돈을 얻어 낼 방법을 생각해야 했다. 머잖아 이곳 생활이 끝나고 강물에 투신하거나 감화원에 끌려가면 그런 건 문제도 아닐 테지만, 아직은 그런 아름답지 못한 일들과 눈을 맞대고 살아야 했기 때문에 성가셨다.

문득 나는 무척 마음이 끌리는 젊은 처녀를 보았다. 늘씬한 키에 우아한 옷차림, 영리한 얼굴, 딱 내가 좋아하는 타입이었다. 그녀는 나보다 더 나이가 많을 것 같지는 않았지만 훨씬 성숙했고, 우아했고, 윤곽이 뚜렷했으며, 거의 완전한 처녀였다. 그러면서도 얼굴에는 내가 아주 좋아하는 거만한 소녀티가 한 가닥 남아 있었다.

나는 한 번도 좋아하는 소녀에게 접근하는 데 성공한 적이 없었다. 그날도 역시 마찬가지였다. 그러나 그녀는 누구보다 인상적이었고 내 생활에 어마어마한 영향력을 발휘했다.

숭고한 모습, 숭배하고 싶은 모습이 갑자기 내 앞에 나타난 것이다. 어떤 욕망, 어떤 충동도 이 존경과 숭배의 욕망보다 더 강렬하고 깊지 않았다. 나는 그녀에게 베아트리체라는 이름을 붙였다. 단테를 읽지는 않았지만 내가 갖고 있는 복사판에서 어떤 영국 사람이 그린 베아트리체를 알고 있었기 때문이다.

영국의 라파엘 전파 스타일로 그려진 소녀는 날씬한 몸매에 팔다리가 길고, 정신적인 표정이 깃든 얼굴을 갖고 있었다. 나의 어리고 아름다운 소녀 역시 그림 속의 여자와 똑같지는 않았지만 날씬하고 소년 같은 몸매와 정신적인 얼굴을 갖고 있었다.

나는 베아트리체와 말 한 마디 나눈 적이 없었다. 그런데도 그녀는 나에게 엄청난 영향을 끼쳤다. 그녀는 내 앞에 뚜렷이 모습을 나타낸 것만으로, 성역의 문을 열고, 다시 기도하는 사람으로 나를 이끌어 술 취한 밤거리의 방황을 끝내게 했다.

나는 다시 고독을 견딜 수 있게 되었고, 독서를 좋아하게 되었으며, 산책을 즐겼다. 이 갑작스러운 전향은 비웃음을 샀지만, 상관없었다.

사랑하고 존경할 대상이 생겼고, 다시 이상을 갖게 되었으며, 삶은 다시 예감으로 가득 차고, 형형색색의 신비를 간직한 박명으로 충만했으니까. 단지 숭배하는 여인의 노예이며 하인일 뿐이었을지라도, 나는 다시 나 자신으로 돌아갔던 것이다.

그 시절을 생각하면 나는 지금도 감동을 느낀다. 나는 다시 온힘을 다해 내 파괴된 삶의 잔해 위에 '밝은 세계'를 세우려고 노력했다. 나는 내부에 도사리고 있는 암흑과 악을 제거하고, 완전한 밝음 속에 신 앞에 무릎 꿇겠다는 단 하나의 갈망 속에 살았다.

이 '밝은 세계'는 어느 정도 나 자신의 창조물이었다. 어머니에게 도망치거나, 책임 없는 안전지대 속으로 기어들어가는 것이 아니라, 책임과 규율을 수반한 새로운 의무였으며 나 자신의 요구에서 생겨난 의무였다. 나를 괴롭히고 도망치게 하던 성욕의 문제도 이 성스러운 불로 정화되고 정신과 예배로 승화되었다.

어둡고 추악한 것은 이제 있을 수 없는 일이었다. 신음하며 밤을 지새우는 일도, 음란한 그림을 보면서 심장이 뛰는 일도, 금단의 문 앞에서 귀를 기울이는 일도, 나는 베아트리체 앞에 나만의 제단을 쌓고, 그녀에게 나를 바침으로써 정신과 신들에게 나를 바쳤다. 이제껏 어두운 힘에 바쳤던 모든 삶의 의욕을 다시 빼내어 밝은 세계에 바쳤다. 나의 목표는 쾌락이 아니라 순결이었고, 행복이 아니라 아름다움이었으며 고결한 정신이었다.

베아트리체에 대한 나의 숭배는 내 생활을 완전히 바꾸었다. 어제만 해도 조숙한 독설가였던 나는 이제 성자가 되려는 사제였다. 지금까지의 나쁜 생활 습관을 모두 버리고 순결과 고귀함과 기품을 모든 것에 반영하기 위해 먹는 것, 입는 것, 말씨에까지 신경을 썼다.

나는 아침을 냉수마찰로 시작했다. 처음에는 무척 힘들었지만 성실하고 기품 있는 태도, 반듯한 자세, 점잖고 엄숙한 걸음걸이, 이 모든 것은 신에 대한 내 마음의 봉사였다.

이런 새로운 시도 가운데에서도 특별히 나에게 중요해진 것이 하나 있었다. 그림을 그리기 시작한 것이다. 내가 갖고 있는, 영국 사람의 베아트리체가 나의 소녀와 충분히 닮지 않았다는 것이 이 작업의 출발이었다. 나는 그녀를 그리고 싶었다.

얼마 전부터 독방을 쓰고 있던 나는 완전히 새로운 기쁨과 희망에 부풀어 좋은 종이와 물감과 붓, 그리고 팔레트와 컵, 사기 접시와 연필을 챙겨 놓았다. 작은 튜브에 든 고급 템페라 물감은 거의 환상이었다. 그 속에는 아주 선명한 크롬 녹색도 있었는데, 하얀 접시에 처음 담았을 때 번쩍 빛나던 그 색깔이 지금도 눈에 선하다.

나는 조심스럽게 시작했다. 처음부터 얼굴을 그리는 것은 어려웠기 때문에 장식품, 꽃, 예배당 옆에 서 있는 나무나 사이프러스 나무가 있는 로마의 다리 같은 상상 속 풍경을 그렸다. 작업에 열중할 때면 새 물감 상자를 받은 어린아이처럼 행복했다. 나는 마침내 베아트리체를 그리기 시작했다.

처음 몇 장은 완전히 실패하여 찢어버렸다. 가끔 길에서 만나는 그 소녀의 얼굴을 그리려 했지만 마음처럼 되지 않았다. 결국 나는 포기하고 나의 상상과 물감과 붓에서 저절로 나오는 힘에 맡기기로 했다. 그렇게 완성한 상상의 얼굴은 제법 괜찮았다. 나는 계속 그렸다. 점점 윤곽이 뚜렷해지고 소녀와 닮지는 않았어도 그 타입에는 점점 가까워졌다.

선을 긋고, 면을 채우는 일에 차츰 익숙해졌다. 모델 없이 막연히 떠오르는 모습을 그리다가 마침내 어느 날 완성했다. 그 얼굴에는 강한 호소력이 있었다.

그 소녀의 얼굴은 아니었다. 그 얼굴은 이미 오래 전에 포기했다. 그것은 다른 어떤 것, 비현실적인 무엇이었지만 그렇다고 덜 귀중한 것은 아니었다. 소녀의 얼굴이라기보다 소년의 얼굴이었고, 내 아름다운 소녀처럼 밝은 금발이 아니라 불그스름한 갈색이었다. 턱은 단단하고 힘찼으나, 입술은 붉은 꽃 같았다. 전체적으로 뻣뻣한 가면 같은 느낌이었지만 강렬한 인상을 주는 얼굴에는 신비로운 생기가 넘쳐 있었다.

기묘한 느낌이었다. 신상 아니면 성스러운 가면 같은 그 모습은 남자 같기도 하고 여자 같기도 했으며, 나이를 느낄 수 없었다. 의지가 강하면서도 꿈꾸는 듯했고, 굳어진 동시에 은밀한 생기가 넘쳐흘렀다. 그 얼굴은 나에게 뭔가 말하고 있었고, 요구하고 있었다. 아는 얼굴이었지만 누군지 기억나지 않았다.

이 그림은 얼마 동안 내 모든 생각을 따라다녔다. 나는 그림을 서랍 속에 감춰두었다. 누구도 비웃지 못하게. 그러나 내 방에 혼자 있을 때면 그림을 꺼내놓고 말을 걸었다. 침대 발치의 벽에 핀으로 꽂아놓고 잠들 때까지 바라보았으며, 눈 뜨자마자 그림을 보았다. 그때부터 나는 어렸을 때처럼 꿈을 꾸기 시작했다. 한동안 전혀 꿈을 꾸지 않았던 것이다. 꿈속에서 그림은 살아 움직였다. 때론 다정하게 때론 적의를 품고 얼굴을 찡그리기도 했으며, 또 어떤 때는 한없이 아름답고 조화로운 모습이 고귀해 보였다.

어느 날 아침 눈을 뜨자마자 나는 갑자기 깨달았다. 그처럼 낯익은 얼굴이, 나를 바라보고, 내 이름을 부르면서, 내 어머니보다 나를 더 잘 알고 있으며 아주 오래 전부터 나를 향해 서 있는 것처럼 보였다. 나는 가슴을 두근거리면서 그 그림을 보았다. 숱이 많은 갈색 머리, 반은 여성적인 느낌이 드는 입 가장자리와, 묘하게 밝은 넓은 이마, (물감이 마르면서 이마 부분이 묘하게 밝아져 있었다) 누군지 알 것 같았다.

나는 침대에서 일어나 그림 바로 앞에 서서 크게 치켜뜬 초록빛 눈을 들여다보았다. 오른쪽 눈이 왼쪽 눈보다 약간 높이 있었다. 갑자기 오른쪽 눈이, 아주 희미하긴 했지만 정말 뚜렷하게 움직였다. 그 움직임으로 나는 그를 알아보았다. 이제야 알아보다니, 어떻게 그럴 수 있었지? 그것은 데미안의 얼굴이었다.

나중에 나는 내 기억 속에 있는 데미안의 얼굴과 그림을 몇 번이나 비교했다. 똑같지는 않았지만 비슷했다. 그것은 틀림없는 데미안이었다.

서쪽으로 난 창으로 붉은 석양이 비스듬히 비쳐들던 어느 초여름 저녁, 어둑어둑한 방안에서 나는 문득 베아트리체 아니 데미안의 그림을 창틀에 핀으로 꽂아 붙여 놓고 저녁 햇살에 비쳐 보고 싶어졌다. 얼굴은 윤곽을 잃고 흐려졌으나 눈자위가 불그스름한 눈, 밝은 이마, 강렬하게 붉은 입술은 뚜렷이 부각되어 깊고 사납게 불탔다.

석양빛이 사라지고 난 뒤에도 나는 그림을 마주하고 있었다. 점점 그것이 베아트리체도, 데미안도 아닌 나 자신이라는 느낌이 들었다. 물론 그림은 나와 전혀 닮지 않았다. 그렇지만 그것은 내 생활을 이루는 무엇이었고, 나의 내면, 나의 운명, 나의 수호신이었다. 언젠가 친구를 만난다면 그 친구는 이런 얼굴일 것이고, 언젠가 연인을 갖게 되면 그녀도 이런 표정을 하고 있을 것이다. 나의 삶도, 나의 죽음도 이럴 것이다. 이것은 내 운명의 울림이었고 리듬이었다.

그 무렵 나는 편지와 잠언으로 구성된 노발리스의 책을 읽고 있었다. 니체 말고는 그토록 절실하게 음미한 책은 없었다. 알 수 없는 것도 많았지만 그 책은 나를 매혹했다. 그 잠언 하나가 그때 내 머리에 떠올랐다. 나는 그 말을 펜으로 그림 밑에 썼다.

운명과 기질은 같은 개념을 나타내는 다른 이름이다.

그 말이 무슨 뜻인지 이제 이해한 것이다.

나는 베아트리체와 자주 마주쳤다. 이제 별다른 감동은 없었지만 부드러운 일치감, 감정적인 예감은 있었다. 너는 나와 연결되어 있다, 너 자신이 아니라 너의 그림으로, 그러므로 너는 내 운명의 일부라는.

막스 데미안에 대한 그리움이 다시 강렬해졌다. 나는 몇 년 동안이나 그의 소식을 몰랐다.

사실은 방학 동안에 딱 한 번 그를 만난 일이 있었다. 이 짧은 해후에 대해 지금껏 말하지 못한 것은 수치심과 허영심 때문이었다는 것을 이제야 새삼 깨달았다. 이제라도 나는 그 일을 써야겠다.

그러니까 방학 동안에, 내가 술집에서 살다시피 하던 시절이었으므로 나는 늘 피로한 표정으로 고향의 거리를 어슬렁거리고 있었다. 산책용 지팡이를 흔들면서, 예나 다름없는 속물들의 얼굴을 보고 있을 때 옛 친구가 나를 향해 걸어왔다.

나는 흠칫 놀랐다. 번개처럼 프란츠 크로머가 떠올랐다. 데미안이 그 일을 잊었기를! 그런 식의 의무는 정말 불쾌한 일이었다. 어린 아이들의 유치한 일이었다 해도 신세를 진 건 진 거니까.

그는 내가 인사를 할지 어떨지 기다리는 것 같았다. 내가 태연한 척 인사를 하자 그는 손을 내밀었다. 옛날 그대로의 독특한 악수! 그렇게도 굳고, 따뜻하면서도 싸늘하고 남성적인!

그는 내 얼굴을 찬찬히 보며 말했다.

"많이 컸구나, 싱클레어."

그는 조금도 달라지지 않은 것 같았다. 여전히 젊기도 하고 늙기도 한 모습이었다.

우리는 잠시 함께 걸으면서 하찮은 이야기만 나눴다. 옛날 일은 조금도 꺼내지 않았다. 나는 그에게 답장 받지 못한 편지들이 생각났다. 그가 그 일까지도 잊었기를! 그 어리석은 편지들! 그는 그 얘기도 하지 않았다.

아직 베아트리체도, 그림도 없던 때였고, 황폐한 시절의 한가운데에 있던 시절이었다. 나는 술집에 가자고 말했다. 그는 따라왔다. 포도주를 주문했다. 나는 보란 듯이 잔에 술을 따르고 잔을 부딪친 다음, 단숨에 잔을 비웠다.

"술집에 자주 가니?" 그가 물었다.

"그럼. 뭐 달리 할 일도 없고! 어차피 이게 제일 재미있잖아."

"그래? 그럴지도 모르지. 도취라든가 바커스의 축제 같은 멋진 분위기도 없진 않으니까! 하지만 술집에서 사는 사람들은 그런 멋진 요소를 완전히 잃게 되지. 글자 그대로 속물이란 생각이 들거든. 하룻밤쯤 불타는 횃불을 들고 진짜 도취를 맛 볼만큼 듬뿍 취해보는 것도 좋지. 하지만 늘 그 꼴로 술잔을 거듭하는 건 좀 그렇지 않니? 매일 밤 단골 술집에 앉아 있는 파우스트를 상상할 수 있니?"

나는 술잔을 들어 쭉 들이켜고 나서 적개심에 찬 눈초리로 그를 바라보았다.

"누구나 다 파우스트는 아니니까."

나는 짧게 말했다.

그는 어이없다는 듯이 나를 보더니 옛날 그대로의 자신만만하고 생기 넘치는 목소리로 웃었다.

"그런 걸 토론한들 무슨 소용이 있겠니? 어쨌든 주정뱅이나 건달들이 반듯한 시민들보다는 활기차게 사는 것 같긴 해. 그리고 언젠가 책에서 읽었는데, 방탕한 삶이 신비주의자가 되는 가장 좋은 준비래. 그런 사람들은 많아. 성 아우구스티누스도 전에는 향락주의자였고 탕아였거든."

그가 미심쩍어서 절대로 말려들지 않을 작정이었기 때문에 나는 쌀쌀맞게 말했다.

"그야 각자 취향이겠지! 솔직히 예언자 따위는 나와 아무 상관없어."

데미안은 눈을 가늘게 뜨고 다 안다는 듯이 나를 보더니 천천히 말했다.

"싱클레어, 널 불쾌하게 하려고 한 말은 아니야. 그저…… 우린 둘 다 네가 무슨 목적으로 술을 마시는지 모르지만 네 속에는 모든 것을 알고, 모든 것을 원하고, 모든 것을 너 자신보다 더 잘하는 누군가가 있다는 것을 알아야 한다는 거야. 이만 실례할게."

우리는 짧게 작별인사를 했다. 남은 술을 다 마시고도 불쾌한 기분은 사라지지 않았고, 데미안이 계산하고 간 것을 알고는 더 화가 났다.

지금 내 생각은 그 작은 사건으로 되돌아가 데미안으로 가득 찼다. 술집에서 했던 그의 말이 선명하게 떠올랐다.

'네 속에는 모든 것을 알고, 모든 것을 원하고, 모든 것을 너 자신보다 더 잘하는 누군가가 있다.'

나는 창틀에 걸린 그림을 바라보았다. 빛이 완전히 사라졌는데도 그 눈만은 아직도 불타고 있었다. 그것은 데미안의 눈이었다. 아니면 내 마음 속에 있는, 모든 것을 아는 누군가의 눈이었다.

나는 데미안이 그리웠다. 그러나 그를 만날 방법이 없었다. 내가 아는 거라곤 그가 어느 대학에서 공부하고 있으리라는 것과 고등학교를 졸업한 후에 어머니와 함께 이 도시를 떠났다는 것뿐이었다.

나는 막스 데미안과 관련된 일은 모조리 되살려냈다. 심지어 그 불쾌한 크로머 사건까지도. 그가 했던 모든 말은 지금까지도 의미를 지니고 있었고, 나에게 영향을 미치고 있었다. 유쾌하지 못했던 마지막 만남에서 그가 탕아와 성자에 관해 했던 말도 나에게 딱 들어맞는 말이었다. 도취와 오욕 속에서, 마비와 상실 속에서 살았고, 그 결과 새로운 삶의 충동으로서 정반대의 것, 순결에의 욕구, 성스러움에의 동경이 내 마음속에 생생하게 태어났던 것이다!

그렇게 추억을 더듬는 동안 밤이 깊었고 밖에는 비가 내리고 있었다. 추억 속에서도 빗소리가 들렸다. 밤나무 밑에서 데미안은 프란츠 크로머의 일로 나를 다그치며 나의 최초의 비밀을 알아맞혔던 것이다. 학교에 오가면서 나눈 대화, 견진성사 수업 같은 것들이 떠올랐다. 마지막으로 막스 데미안을 처음 만났을 때가 생각났다.

그때 무슨 얘기를 했더라? 당장은 생각나지 않았지만 한참 생각해 보니 기억이 떠올랐다. 그가 카인에 관해 얘기한 다음에 우리는 우리 집 문 앞에 서 있었다. 그때 그는 우리 집 대문 위에 있는 낡고 빛바랜 문장이 재미있고 주목할 가치가 있는 것이라고 말했다.

그날 밤 나는 데미안과 그 문장에 관한 꿈을 꾸었다. 데미안의 손 위에서 문장은 자꾸 변했다. 작은 잿빛 문장이었다가 점점 커지면서 가지각색으로 변했다. 그러나 데미안은 그것이 똑같은 것이라고 말했다. 마지막에 그는 나에게 문장을 먹으라고 강요했다. 그것을 삼키자 문장의 새가 살아나서 나를 가득 채우더니, 내부에서 나를 먹기 시작했다. 나는 죽음의 공포를 느끼며 소스라치게 놀라 잠을 깼다.

한밤중이었다. 방안으로 비가 들이치는 소리에 창문을 닫다가 방바닥에 떨어진 허연 것을 밟았다. 아침에 보니 내가 그린 그림이었다. 축축하게 젖은 그림을 펴서 압지에 끼워 두꺼운 책으로 눌러 두었다. 다음날 살펴보니 종이는 말랐지만 그림은 변해 있었다. 붉은 입술은 핏기를 잃고 가늘어져 완전히 데미안의 입술이 되었다.

나는 다시 그림을 그리기 시작했다. 이번에는 문장의 새였다. 그 새가 어땠는지 정확히는 기억이 나지 않았다. 오래된 데다 자주 덧칠된 덕분에 어떤 부분은 바로 앞에서 봐도 식별할 수 없었다. 새는 서있는지 앉아 있었는지 모르겠는데, 아무튼 꽃이나 둥지나 나뭇가지 같은 것 위에 있었다. 나는 뚜렷이 아는 것부터 시작했다. 막연한 욕구에 이끌려 나는 처음부터 강렬한 색을 썼다. 내 그림 속에서 새의 머리는 황금색이 되었다. 기분 내키는 대로 그려 며칠 만에 완성했다.

날카롭고 용맹한 새매는 어두운 지구 속에서 푸른 하늘로 몸을 반쯤 내밀고 있었다. 마치 거대한 알에서 껍질을 깨고 나오는 것처럼 보였다. 유심히 들여다보니 꿈에서 본 화려한 빛깔의 문장처럼 보였다.

데미안에게 새삼 편지를 쓰는 건 주소를 안다 해도 불가능한 일이었다. 그러나 그 무렵 모든 일을 꿈같은 예감으로 처리하던 나는 같은 방식으로 그에게 매의 그림을 보내기로 했다. 그에게 닿든 말든 상관없었다. 가장자리를 조심스레 자른 그림에 아무 말도, 이름조차 쓰지 않고, 커다란 봉투에 넣어 내 친구의 옛 주소로 보냈다.

시험이 다가오자 나는 평소보다 훨씬 더 많이 공부해야 했다. 내가 갑자기 생활 태도를 바꾸자 선생님들은 언제 그랬냐는 듯 나를 받아들여 주었다.

뛰어난 학생은 아니었지만 반년 전처럼 퇴학당할 것이라고 생각하는 사람은 없었다. 아버지의 편지도 다시 예전 말투로 돌아갔다.

그러나 나는 나의 내부에 어떤 변화가 일어났는지 설명할 생각은 없었다. 이 변화가 부모님과 선생님들의 소망과 일치한 것은 우연일 뿐이었고, 다른 친구들과 어울리게 된 것도 아니고 누군가와 가까워진 것도 아니어서 오히려 나는 전보다 더 고독해졌다.

변화는 어딘가를, 데미안을, 또는 먼 운명을 향하고 있었다. 나 자신도 그것을 알 수 없었다. 나는 그 한가운데에 있었으니까.

그 모든 것은 베아트리체와 함께 시작되었다. 그러나 얼마 전부터 나는 내가 그린 그림과 데미안에 대한 생각으로 지극히 비현실적인 세계 속에 살았기 때문에 베아트리체조차도 까맣게 잊고 있었다.

나의 꿈, 나의 기대, 나의 내면의 극심한 변화에 대해서 나는 한마디도 말할 수 없었다. 누구에게도, 설사 내가 원했을지라도!

어떻게 그런 것을 말할 수 있을까?

5.
새는 알을 깨고 나온다

내가 그린 꿈의 새는 날아가서 내 친구를 찾아냈다. 답장은 가장 신비스러운 방법으로 나에게 왔다.

쉬는 시간에 나는 책갈피에 낀 쪽지를 발견했다. 수업 시간 중에 반 친구들이 몰래 편지를 전할 때 쓰는 방식으로 접혀 있었다.

반 친구 누구와도 그런 쪽지를 주고받는 사이가 아니었기 때문에 누가 보냈는지 의아했지만, 어차피 장난에 끌어들이는 것일 테고, 장난에 끼지는 않을 것이므로 읽지도 않고 그대로 끼워두었다.

수업 중에 우연히 그 쪽지를 다시 보게 되었다. 쪽지를 만지작거리다가 펴보았다. 몇 마디의 글귀가 적혀 있었다. 얼핏 눈에 띈 단어에 깜짝 놀라서 나는 쪽지를 읽었다. 나의 심장은 운명 앞에서 얼어붙었다.

새는 알을 깨고 나온다.

알은 세계다.

태어나려는 자는 하나의 세계를 깨뜨려야 한다.

새는 신에게로 날아간다.

신의 이름은 아프락사스다.

이 글을 몇 번이나 읽고 또 읽으면서 나는 깊은 생각에 잠겼다. 그것은 분명히 데미안의 답장이었다. 새에 대해 아는 사람은 우리 둘밖에 없었다. 그는 내 그림을 받은 것이다. 그는 그 의미를 이해했고 나의 해석을 도우려 한 것이다. 그러나 이 모든 일이 어떻게 서로 연결되는 것일까? 무엇보다도 나를 괴롭힌 것은 아프락사스였다. 나는 그런 말을 들은 적도 읽은 적도 없었다.

신의 이름은 아프락사스다!

언제 끝났는지 모르게 수업이 끝났다. 오전의 마지막 수업이 시작되었다. 대학을 갓 졸업한 조교사, 폴렌 선생 시간이었다. 젊은데다 위엄을 부리지 않았기 때문에 학생들에게 인기가 있었다.

우리는 그의 지도로 헤로도토스를 읽고 있었다. 이 수업은 내가 좋아하는 과목이었다. 그러나 이번엔 달랐다. 나는 기계적으로 책을 폈지만 번역을 따라가지 못하고 다른 생각에 빠져 있었다. 전에 데미안이 했던 말이 얼마나 옳은지 이미 여러 번 경험하고 있었다.

정말 강렬하게 바라는 것은 이루어졌다. 수업 중에도 어떤 생각에 열중하고 있으면 선생님은 나를 건드리지 않았다. 주의가 산만하거나 졸고 있으면 틀림없이 그 학생 옆에 서있기 마련인 선생님이 말이다.

상대를 똑바로 쳐다보는 수법도 이미 시험해 보았다. 데미안과 지내던 그 시절에는 잘 안 됐지만, 지금은 노려보는 수법과 생각을 집중하는 방법으로 무척 많은 일이 가능하다는 것을 알고 있었다.

그때도 나는 그런 상태로 헤로도토스와 학교에서 멀리 떨어져 있었다. 갑자기 선생님의 목소리가 내 의식 속으로 벼락처럼 떨어졌다. 나는 깜짝 놀라 현실로 돌아왔다. 그는 바로 내 옆에 서 있었다. 나는 혹시 그가 내 이름을 불렀나 싶었지만 그는 나를 보고 있지 않았다. 안도의 숨을 내쉬는데 그의 목소리가 다시 내 귀를 때렸다. 커다란 목소리로 '아프락사스'라고 말한 것이다.

시작은 듣지 못한 설명을 폴렌 선생님은 계속했다.

"우리는 그 종족의 세계관과 고대 문화의 신비주의적 결함을 합리주의의 입장에서 보는 것처럼, 그렇게 소박하게 보아서는 안 된다. 지금 우리가 알고 있는 의미로서의 과학 같은 것은 고대에는 물론 없었지만, 대신 고도로 발달된 철학적 신비주의적인 진리들이 있었다.

거기서 더러는 마법과 유희가 생겨났고, 사기와 범죄로 발전하는 일도 흔했지만, 이 마법만 해도 기원을 따져 보면 고귀하고 깊은 사상이 깃들어 있다. 내가 아까 예를 든 아프락사스의 가르침만 해도, 학자들은 그 이름을 그리스의 주문과 결부시키고, 그것을 오늘날 야만족에 더러 남아 있는 마귀로 생각하는 사람도 많다.

그러나 아프락사스는 훨씬 깊은 의미를 갖는다. 신적인 것과 악마적인 것을 결합시키는 상징적인 사명을 가진 신이랄까."

그 박식하고 몸집이 작은 남자는 세련된 말투로 열심히 이야기를 계속했다. 그러나 귀를 기울이는 사람은 아무도 없었고, 아프락사스가 더 이상 나오지 않았기 때문에 나도 다시 나 자신 속으로 돌아갔다.

'신적인 것과 악마적인 것을 결합시킨다'는 말이 내 귀에 남아 울렸다. 여기에 어떤 실마리가 있었다. 그것은 데미안과 나눈 마지막 대화 이후로 나에게는 익숙한 사상이었다. 그때 데미안은, '인위적으로 분리한, 공인된 반쪽 세상뿐만 아니라 온 세상을 포괄적으로 숭배해야 한다. 그러므로 신에게 예배하는 것처럼 악마에게도 예배하든지, 아니면 악마까지도 자기 속에 포함하는 하느님을 창조하든지'라고 말했다. 그런데 바로 아프락사스가 신이면서 동시에 악마인 것이다.

한동안 나는 아주 열성적으로 이 문제를 탐구했지만 전혀 진전이 없었다. 도서관을 모조리 뒤졌지만 헛수고였다. 게다가 나는 이런 방식으로 문제를 해결하는 데는 소질이 없었다. 이런 방식으로는 기껏해야 집어보니 돌멩이였다는 정도의 진리밖에는 발견하지 못한다.

내가 그토록 깊이 몰두했던 베아트리체의 모습은 이제 가라앉아 버렸다. 아니, 오히려 나에게서 멀어져 그림자처럼 희미해졌다. 그녀는 더 이상 내 영혼을 만족시키지 못했다.

몽유병자처럼 기묘하게 자신의 껍질 속에 들어앉아 있던 나의 생활 속에 새로운 것이 자라나기 시작했다. 삶에 대한 동경이 내 속에 피어났다. 아니, 그보다는 사랑에 대한 동경, 한동안은 베아트리체로 해소되고 있던 성에 대한 충동이 새로운 모습과 목표를 요구하는 것이었다. 충족되지 않는 것은 마찬가지였지만, 이 동경을 속이는 것도, 내 친구들이 재미를 보고 있는 소녀들로부터 무언가 기대하는 것도 그 어느 때보다 더 불가능했다. 나는 다시 많은 꿈을 꾸기 시작했다. 그것도 밤보다 낮에 더 많이…… 관념과 영상과 소망이 내 마음 속에 있는 영상과 꿈과 그림자를 상대로 현실보다 더 현실적이고 생생한 유대를 이루며 살았다.

같은 내용의 꿈, 또는 반복되는 공상이 나에게 깊은 의미가 되었다. 내 삶에서 가장 중요하고 가장 의미심장한 그 꿈은 대강 이랬다.

나는 집으로 돌아간다 … 대문 위에는 문장 속 파란 바탕 위에서 새가 노랗게 빛난다 … 어머니가 나를 마중 나온다 … 그러나 내가 안으로 들어가서 어머니를 안으려고 하자 한 번도 본 적 없는 다른 모습이 된다. 크고 늠름하며 막스 데미안과 비슷하고, 내가 그린 그림과 비슷하면서도 아주 다르다. 늠름한 몸매인데도 여성스럽다.

그 모습이 나를 끌어당겨 포옹한다. 기쁨과 전율이 뒤섞인다. 포옹은 예배이고 동시에 범죄이다. 나를 껴안은 그 모습 속에는 어머니에 대한 추억과 내 친구 데미안에 대한 추억이 너무 많이 떠돌고 있다. 그녀의 포옹은 모든 외경심에 금지된 것이면서 그 이상의 행복이다.

이 꿈에서 깨어날 때마다 나는 깊은 행복감을 느꼈고 때로는 끔찍한 죄를 저지른 것 같은 양심의 가책과 죽음의 공포를 느꼈다.

이 내면적인 그림과 내가 찾는 신, 아프락사스에 대해 외부에서 온 암시 사이에 일종의 유대가 생겨났다.

너무나 천천히, 무의식적으로 생겨났지만, 일단 생기고 나자 그 관계는 바로 긴밀해졌다. 나는 이 예감의 꿈속에서 아프락사스를 부르고 있다는 것을 느끼기 시작했다. 기쁨과 전율, 남자와 여자, 성스러운 것과 추악한 것이 서로 얽혀 있었고, 가장 섬세한 순진함에 의해서 흠칫 놀라는 깊은 죄악이 있었다. 이것이 바로 사랑의 모습이었고 또한 아프락사스의 모습이었다.

사랑은 이제, 내가 처음에 두려워하던 동물적인 어두운 본능도 아니었고, 또한 내가 베아트리체에게 바쳤던 경건하고 정신적인 숭배의 감정도 아니었다. 사랑은 그 두 가지를 다 포함한 것이었다. 아니, 둘 다이면서 동시에 그 이상이었다. 사랑은 천사의 모습이면서 악마였고, 여자이면서 남자였으며, 인간이면서 짐승이었고, 최고의 선인 동시에 최고의 악이었다.

이 모든 것을 사는 것이 나에게 정해진 길이고, 그것을 맛보는 것이 내 운명이라고 생각되었다. 나는 그 운명을 동경하면서도 두려워했다. 그러나 운명은 언제나 내 앞에, 항상 내 위에 있었다.

내년 봄에 고등학교를 졸업하면 대학에 갈 예정이었으나, 나는 아직도 어느 대학에 무엇을 공부하러 갈지 정하지 못하고 있었다. 코 밑에는 옅은 수염이 자랐고 키는 다 컸으나, 어떻게 해야 할지 몰랐고, 목표도 없었다. 뚜렷한 것은 내 마음속에서 속삭이는 소리와 그 꿈의 모습뿐이었다.

나는 그것을 무조건 따라야 한다는 의무감을 느꼈다. 그러나 그렇게 하는 것이 나에게는 어려웠으며, 나는 매일 그것을 거부했다. 어쩌면 나는 미쳤는지 모른다고 생각한 일도 한두 번이 아니었다.

다른 친구들이 하는 건 다 할 수 있었다. 약간 노력만 있으면 플라톤도 읽을 수 있고, 삼각함수 문제도 풀 수 있고 화학 분석도 따라갈 수 있었다. 다만 한 가지 내가 못하는 것은 내 내부에 숨겨져 있는 목적을 끄집어내어 다른 사람들처럼 눈앞에서 그것을 그리는 일이었다.

다른 사람들은 자신이 교수나 판사, 의사, 또는 예술가가 되겠다는 식으로 자신의 목표를 정확하게 알았으며, 그러기 위해서 시간이 얼마나 걸릴지, 어떤 이익을 얻게 될지 따위를 잘 알고 있었다.

그런데 나는 알 수가 없었다. 어쩌면 나도 언젠가는 그와 비슷한 사람이 될지 모르지만, 지금은 알 수 없었다. 어쩌면 몇 년 동안 노력하고 또 노력해도 아무것도 되지 않고 아무 목적에도 도달하지 못할는지 몰랐다. 또는 어떤 목적에 도달하더라도 그것이 나쁘고 위험하고 끔찍한 것으로 판명될 수도 있었다.

나는 그저 진정한 나의 내면에서 우러나오는 명령에 따라 살고자 했다. 그것이 왜 그다지도 힘겨웠을까?

나는 내 꿈속 강렬한 여인의 모습을 그려보았지만 한 번도 성공하지 못했다. 만약 성공했다면 나는 그 그림을 데미안에게 보냈을 것이다. 그가 어디에 있는지 알지 못했지만 그와 내가 연결되어 있다는 사실만을 알고 있었다. 언제 그를 다시 볼 수 있을까?

베아트리체에게 열중했던 몇 주일, 아니 몇 달의 바람직한 평온은 사라진 지 오래였다. 그 당시 나는 섬에 도착했고, 평화를 발견했다고 생각했다. 그러나 언제나 그랬던 것처럼, 어떤 상태가 마음에 들거나 어떤 꿈에 쾌감을 느끼면, 그것은 벌써 시들고 눈먼 것이 되었다. 사라져 버린 것을 애통해해도 소용없었다.

나는 지금 충족되지 않는 욕망과 긴장된 기대의 불길 속에서 살고 있었고, 그것은 가끔 나를 완전히 미쳐 날뛰게 만들었다. 나는 가끔 꿈속 애인의 모습을 생생하고 뚜렷하게 보았다. 그 모습은 내 손보다 더 현실 같았다. 나는 그 모습과 이야기하고 울고 저주했다. 어머니라 부르며 그 앞에 무릎 꿇고 울었으며, 애인이라 부르며 그 성숙하고 모든 욕망을 충족시키는 입맞춤을 예감했다. 나는 그를 악마, 매춘부, 흡혈귀, 또는 살인자라고도 불렀다. 그는 가장 섬세한 사랑으로 이끌고, 황폐하고 파렴치한 행위로 유혹했다. 그에게는 지나치게 좋은 것도 귀한 것도 없고 나쁜 것도 비천한 것도 없었다.

그 겨우내 나는 설명하기 어려운 내면의 폭풍우 속에서 살았다. 고독은 이제 너무나 익숙해서 나를 짓누르지 않았다. 나는 데미안과 새, 그리고 내 운명이며 연인인 늠름한 몸집의 꿈속 환영과 함께 살았다. 그것으로 충분했다. 왜냐하면 그 세 가지는 모두 크고 넓은 시야를 갖고 있었으며, 아프락사스를 향하고 있었기 때문이다. 그러나 이 꿈이나 공상은 내 마음대로 불러낼 수 있는 것이 아니었고, 그 편에서 찾아와 나를 지배했다.

외적으로는 달라진 게 없었다. 나는 인간 따위는 조금도 두렵지 않았다. 내 동급생들도 그것을 알았는지 은밀한 존경심을 보였기 때문에 나는 가끔 혼자 미소 짓기도 했다. 원하기만 하면 나는 그들을 통찰할 수가 있었고 그들을 놀라게 할 수 있었다. 그러나 나는 그런 일을 거의 원하지 않았다.

나는 언제나 나 자신에 매어 있었고 자신의 일에만 몰두했다. 그러다가 나는 마침내 살아볼 것을, 또 나의 내부로부터 무언가 꺼내어 세계에 줄 것을, 세계와의 관련 속에, 투쟁 속에 들어설 것을 몹시 갈망하게 되었다. 저녁 무렵 거리를 돌아다니다가 한밤중까지 집으로 돌아갈 마음이 들지 않을 때가 가끔 있었다.

그럴 때마다 나는 저 길모퉁이를 돌면 틀림없이 애인을 만나게 될 거야, 유리창에서 나를 불러줄 거야 따위의 생각을 했다. 그런 모든 일이 견딜 수 없이 고통스러울 때는 언젠가는 자살하겠다고 다짐하곤 했다.

그러던 어느 날 나는 별난 피난처를 찾아냈다. 우연이라고 생각했지만 사실 우연이란 없다. 절대적인 필요가 그것을 찾아내게 하는 것이다.

거리를 산책하다가 교외의 작은 교회에서 흘러나오는 오르간 소리를 몇 번 들었다. 그때는 그냥 흘려들었지만 이번에는 바흐의 곡이었다. 문은 닫혀 있었다. 그 거리에는 사람이 거의 없었기 때문에 나는 교회 옆의 갓돌 위에 앉아서 외투 깃을 세우고 귀를 기울였다. 대형 오르간은 아니었지만 음질도 좋고 연주도 훌륭했다.

굳은 의지와 독특한 개성이 느껴지는, 마치 기도처럼 울리는 연주를 들으면서 이런 느낌이 들었다. 저기서 연주하는 사람은 이 음악 속에 보물이 깊이 묻혀 있는 것을 알고 있다. 그는 생명을 추구하듯이 그 보물을 추구하고, 어루만지고 두들기면서 애쓰고 있는 것이다. 음악적인 테크닉에 대해서는 잘 모르지만 이런 경우처럼 영혼의 표현에 대해서라면 어렸을 때부터 본능적으로 이해했고, 음악적인 것은 나의 내부에서 자명한 것이었다.

음악가는 이어서 어떤 현대 음악을 연주했다. 레거의 곡 같기도 했다. 아주 희미한 불빛 한 가닥이 창문으로 새어나올 뿐, 교회는 아주 어두웠다. 나는 음악이 끝날 때까지 기다렸다가 오르간 연주자가 나오는 걸 보려고 근처를 서성거렸다. 나보다는 나이가 들었지만 아직 젊고, 작은 키에 다부진 체격을 가진 남자는 내키지 않는 듯 그러나 빠른 걸음으로 힘차게 걸어갔다.

그날부터 나는 저녁 시간이면 그 교회 앞에 앉아 있거나 그 근처를 거닐었다. 교회 문이 열려 있던 어느 날은, 2층 희미한 가스등 밑에서 오르간 연주자가 연주하는 소리를 들으며, 추위에 떨면서도 행복하게 반시간 가량을 교회 의자에 앉아 있었다.

그가 연주하는 음악에는 그의 인품만 들어 있는 것은 아니었다. 그가 연주하는 모든 음악은 서로 비슷해서, 어떤 신비스러운 관계로 매여 있는 것 같았다. 그가 연주하는 곡은 모두 신앙심으로 넘쳐흘렀고 헌신적이었으며 경건했다. 그것은 교회의 신자들이나 목사와 같은 경건이 아니라 중세의 순례자나 걸인에게서 볼 수 있는 경건함이었으며, 모든 종교 위에 서 있는 세계 감정에 무조건 헌신하는 경건함이었다.

그는 바흐 이전의 거장들의 작품과 옛날 이탈리아 음악가의 작품을 자주 연주했다. 그것들은 모두 같은 것을, 그 연주자의 영혼 속에 들어 있는 것을 말하고 있었다. 동경과, 세계를 열렬히 움켜쥐려 하면서도 맹렬한 기세로 떨쳐버리려는 갈망, 자신의 어두운 영혼에 대한 절박한 귀 기울임, 헌신에의 도취와 경이로움에 대한 깊은 호기심이었다.

어느 날, 나는 교회에서 나온 오르간 연주자를 몰래 따라갔다가, 그가 변두리의 작은 술집으로 들어가는 것을 보고 따라 들어갔다. 나는 거기에서 처음으로 그를 분명히 보았다. 검은 펠트 모자를 쓴 채 구석 테이블에 포도주 한 잔을 앞에 놓고 앉은 그의 얼굴은 예상대로였다. 못생겼고, 올곧고 고집 센 구도자처럼 약간 난폭해 보였으며, 강직하고 의지가 굳어 보였다. 그러면서도 입매는 부드럽고 어린애처럼 순진했다. 눈과 이마는 남성다운 강인함으로 넘쳐흘렀으나, 얼굴의 아래쪽은 섬세하고 미숙해 보였으며, 야무진 데가 없어 나약해 보이기까지 했다. 우유부단한 턱은 소년 같아서 이마와 눈과 대조를 이루었다. 나는 오만하고 적개심으로 불타는 그의 흑갈색 눈이 마음에 들었다.

나는 말없이 그의 앞에 앉았다. 술집에는 우리 둘밖에 없었다. 그는 나를 쫓아버리려고 노려보았다. 나도 지지 않고 마주 보았다. 마침내 그가 불쾌한 듯 중얼거렸다.

"왜 그렇게 노려보는 거요? 나한테 볼 일 있소?"

"없습니다. 하지만 당신의 연주를 무척 많이 들었습니다."라고 나는 말했다.

그는 이마를 찌푸렸다.

"음악 애호가시군? 음악 애호가라는 작자들을 보면 난 구역질나는데."

나는 끄떡도 하지 않았다.

"저 건너편에 있는 교회에서 당신이 연주하는 것을 자주 들었습니다. 귀찮게 할 생각은 없어요. 당신과 얘기를 하면, 뭔가 특별한 것을, 그게 뭔지는 저도 잘 모르겠지만, 찾게 될지도 모른다고 생각했을 뿐입니다. 흘려들어도 상관없어요. 교회에 가면 당신 연주를 들을 수 있으니까요."

"나는 언제나 문을 잠그는데."

"한 번 잊으신 적 있어요. 그래서 그 날은 안에 들어가 앉아 있었지요. 다른 날은 밖에 서 있거나 갓돌 위에 앉아 있었지만요."

"그래요? 다음부턴 들어와요, 그 편이 덜 추우니까. 문을 두드리면 됩니다. 힘껏 두드려 봐요, 내가 연주하고 있지 않을 때. 그건 그렇고, 무슨 말을 할 생각이었소? 아주 젊군. 고등학생 아니면 대학생 같은데, 음악가요?"

"아닙니다. 하지만 음악을 듣는 건 좋아해요. 당신의 연주처럼 구속 받지 않는 음악, 천국과 지옥을 온통 흔들어대는 음악을 좋아해요. 아마 도덕의 냄새가 나지 않아서 그런 것 같아요. 다른 모든 것은 도덕적이잖아요. 나는 그렇지 않은 무엇을 찾고 있어요. 도덕에는 그동안 실컷 시달렸으니까요. 뭐라고 표현해야 할지 모르겠네요. 어, 신이면서 동시에 악마인 그런 신이 있다는 것을 혹시 아세요? 다른 사람한테 들은 거지만 그런 신이 있대요."

음악가는 넓은 모자를 약간 뒤로 젖히고, 머리를 흔들어 검은 머리카락을 시원스런 이마 뒤로 넘겼다. 그는 나를 노려보더니 내 쪽으로 얼굴을 내밀고 낮고 긴장된 목소리로 물었다.

"그 신의 이름이 뭐요?"

"창피하지만 그 신에 대해서 아는 거라곤 이름밖에 없어요. 아프락사스."

음악가는 누가 엿들으면 큰일이라도 날 것처럼 주위를 둘러보더니 몸을 바짝 내밀며 속삭이듯 물었다.

"그럴 줄 알았소. 당신은 누구요?"

"고등학교 학생입니다."

"아프락사스는 어떻게 알았소?"

"우연히 알게 됐어요."

그가 테이블을 치는 바람에 잔에서 술이 넘쳐흘렀다.

"우연이라고! 말도 안 되는 소리! 젊은 친구! 아프락사스는 우연히 알 수 있는 게 아니오. 그건 당신도 잘 알 테지. 그 에 관해서는 내가 좀 더 얘기해 드리지. 나도 조금은 알고 있으니까."

그는 입을 다물고 의자를 뒤로 젖히다가 기대에 부푼 내 얼굴로 보더니 얼굴을 찡그렸다.

"여기서는 말고! 다음에. 자, 이거나 먹어요!"

그는 벗지 않고 있던 외투 주머니에서 군밤을 몇 개 꺼내 나에게 던졌다.

나는 말없이 기분 좋게 그것을 받아먹었다.

"자! 이제 말해 봐요. 그를 어떻게 알았소?"

잠시 후에 그가 나직하게 물었다.

나는 그에게 털어 놓았다. 망설일 이유가 없었다.

"나는 혼자였고 어쩌면 좋을지 몰랐어요. 문득 옛 친구 생각이 났어요. 아는 게 아주 많은 친구! 그때 나는 그림을 그리고 있었는데, 지구에서 빠져나오려고 몸부림치는 새였어요. 나는 그 그림을 친구에게 보냈어요. 한참이 지난 다음에, 답장 받을 기대를 아예 접었을 때 이런 글이 적힌 쪽지가 내 손에 들어왔어요."

새는 알을 깨고 나온다.

알은 세계다.

태어나려는 자는 하나의 세계를 깨뜨려야 한다.

새는 신에게로 날아간다.

신의 이름은 아프락사스다.

그는 아무 말도 하지 않았다. 우리는 밤 껍질을 까서 포도주 안주로 먹었다.

"한 잔 더 할까?" 그가 물었다.

"아니요. 술 잘 못 마셔요."

그는 약간 실망한 듯이 웃었다.

"그렇군. 그럼 나는 여기 좀 더 있다가 갈 테니까 먼저 가요!"

다음 날 오르간 연주가 끝난 뒤, 나와 함께 걸으면서도 그는 말이 없었다. 그는 나를 오래된 골목 안에 있는 낡았지만 인상적인 집으로 데리고 갔다. 어두컴컴하고 어수선한 커다란 방에는 피아노 말고는 음악을 암시하는 것은 아무것도 없었고, 오히려 커다란 책장과 책상 때문에 학자의 서재 같았다.

"책이 많네요!" 감탄하면서 내가 말했다.

"일부는 아버지 거야. 아버지 집에서 사니까. 그래, 나는 부모님과 함께 살아. 하지만 소개해 줄 수는 없어. 내 친구는 이 집에서 존경받지 못하니까. 버린 자식이라고 들어봤어? 우리 아버지는 아주 훌륭한 분이지, 유명한 목사이자 설교자이고 위치도 상당하지. 그리고 나는, 간단히 말해서, 기대를 한 몸에 받던 재능 있는 아들이었지만 탈선해서 약간 돌아버린 놈이지.

나는 신학생이었는데 국가시험 직전에 그 건실한 신학대학을 때려치웠지. 개인적인 연구로 말하자면 나는 아직도 신학생이지만. 사람들이 매번 어떤 신을 생각해

냈는지가 나에게는 여전히 가장 중요하고 흥미 있는 문제거든. 어쨌든 나는 지금 음악가이고, 머잖아 오르간 연주자 자리를 얻게 되면 나는 또다시 교회로 돌아가는 셈이지."

나는 책표지를 훑어보았다. 작은 탁상용 램프 불빛으로 겨우겨우 보이는 것들은 대부분 라틴어, 그리스어, 히브리어 제목이었다. 그러는 동안 내 친구는 어두운 벽쪽 방바닥에 누워 뭔가를 뒤적거리고 있었다. 잠시 후에 그가 나를 부르며 말했다.

"이리 와. 철학 좀 하게. 입 다물고 배 깔고 누워서 생각 좀 해보자고."

그는 성냥을 그어 앞에 놓인 벽난로 속의 종이와 장작에 불을 지폈다. 불길이 높이 솟아오르자 그는 조심스럽게 장작을 집어넣었다. 나도 빛바랜 양탄자 위에 누웠다. 그는 불을 응시했다. 나도 불에 이끌렸다. 한 시간쯤 우리는 말없이 장작불만 바라보았다.

탁탁 소리를 내며 불길이 타오르고, 가라앉고 구부러지고 펄럭거리고 꿈틀거리고 하다가 마침내는 조용히 바닥으로 스러지는 동안, "배화교는 인간이 창안한 것들 가운데 가장 어리석은 것은 아니야.”라고 딱 한 번 그가 중얼거렸을 뿐이었다.

나는 불을 지켜보며 꿈과 정적 속에 가라앉았다. 연기 속에, 재 속에 갖가지 모습이 떠올랐다. 그가 송진을 한 덩어리 불길 속에 던져 넣자 작고 가느다란 불길이 솟아올랐다.

나는 화들짝 놀라 벌떡 일어났다. 불길 속에서 황금빛 새매를 보았던 것이다. 사그라져 가는 벽난로의 불길 속에서 금빛 실오라기들이 이리저리 몰려다니며 갖가지 글자와 형상을 이루었다. 얼굴, 짐승, 꽃, 벌레 그리고 뱀까지 갖가지 추억들이 나타났다가 사라졌다. 정신을 차리고 돌아보니 그는 두 주먹으로 턱을 괴고 열광적인 표정으로 재를 보고 있었다.

“가야겠어요.” 낮은 목소리로 그에게 말했다.

“그래, 그럼. 잘 가!”

그는 일어서지 않았다. 등잔불이 꺼졌으므로 나는 어두운 방과 복도와 층계를 더듬어 도깨비 굴 같은 집을 간신히 빠져나왔다. 나는 걸음을 멈추고 낡은 집을 올려다보았다. 집안에 불빛이라곤 없었다.

작은 놋쇠 문패가 거리의 가스등 빛에 반짝이고 있었다. 주임 목사 피스토리우스!

기숙사로 돌아와 저녁을 먹고 내 작은 방에 혼자 앉아서야 비로소 나는 아프락사스에 관해서 아무것도 듣지 못했다는 것을 깨달았다. 우리는 열 마디도 주고받지 않았다는 것도. 그래도 나는 그를 만난 것이 무척 기분 좋았다. 게다가 다음에는 북스테후데의 파사칼리아를 연주해 주겠다고 약속했던 것이다. 그것은 옛날 오르간 음악 중에서도 아주 특별한 작품이었다.

나는 깨닫지 못했지만, 어두컴컴한 은둔자의 방바닥에 누워 있는 동안 오르간 연주자 피스토리우스는 나에게 첫 번째 수업을 한 셈이었다. 불을 들여다보는 것은 나의 정신에 좋은 영향을 끼쳤다. 내 속에 언제나 있었지만 내가 한 번도 보살핀 적 없었던 내면의 성향들을 강화하고 승인했다. 차츰 나는 그것을 부분적으로나마 뚜렷이 알게 되었다.

어릴 때부터 나는 자연의 특이한 모습을 보는 게 좋았다. 관찰 수준은 아니었고 단지 그 기괴한 형태의 매력과 그들의 복잡하고 깊은 언어에 몸을 맡기는 것이었다. 밖으로 드러난 울퉁불퉁한 긴 나무뿌리, 돌멩이 무늬, 물 위에 떠있는 기름얼룩, 금 간 유리, 그 모든 것이 나를 매혹했다. 물과 불, 연기, 구름, 먼지, 눈을 감으면 보이는 빙글빙글 도는 얼룩덜룩한 무늬가 특히 좋았다.

피스토리우스의 집 다녀온 다음 며칠 동안 나는 이 모든 것을 다시 떠올렸다. 왜냐하면 내가 느낀 이 특별한 활기와 기쁨, 강해진 것 같은 느낌이 활활 타는 불을 오래 지켜본 덕분이라는 것을 알았기 때문이다. 그 단순한 일이 정말 이상하게 기분 좋고 풍요로운 느낌을 주었던 것이다.

내가 이제껏 나 자신의 삶의 목표를 향해 가는 길에 겪었던 약간의 경험에 새로운 경험이 추가되었다. 그런 형상을 관찰하고, 자연의 비합리적이고 묘하게 일그러진 모습에 몰두하다 보면, 이러한 형상을 빚어낸 자연의 의지와 우리의 내면의 일치감을 느끼게 된다. 그러다가 또 우리는 그것을 우리 자신의 기분으로, 우리 자신의 창조물로 간주하고 싶은 유혹을 느끼게 되는 것이다. 우리와 자연 사이의 경계가 흔들리며 애매해지는 것을 보면서 우리는, 자신의 눈에 보이는 것이 외부의 인상인지 아니면 내면에서 나온 인상인지 알 수 없다는 기분을 느끼게 된다.

이런 훈련으로 우리가 가장 쉽고 간단하게 발견할 수 있는 것은, 우리 인간이 얼마나 창조적인 존재이며, 우리의 영혼은 또 얼마나 꾸준히 세계의 끊임없는 창조에 참여하고 있는가 하는 것이다. 우리의 내부에 있는 신과 자연 속에 있는 신은 같은 신이기 때문이다.

그러므로 설령 외적인 세계가 멸망한다 해도 우리들 가운데 누군가 그것을 다시 세울 수 있을 것이다. 왜냐하면 산과 강과 나무, 이파리와 뿌리와 꽃 같은 자연의 모든 형상은 우리 내부에 이미 그 원형을 갖고 있고 그것은 영혼에서 나오기 때문이다. 그 영혼의 본질은 영원이고, 우리가 알지 못해도 사랑의 힘과 창조의 힘으로 우리는 그것을 느끼는 것이다.

몇 년이 지난 다음에 나는 이 관찰이 책 속에 증명되어 있는 것을 발견했다. 그것은 레오나르도 다 빈치가 쓴 것이었다. 그는 많은 사람들이 침을 뱉은 벽을 관찰하는 것은 유익하고 강력한 자극이 된다고 썼다. 벽의 얼룩들을 관찰하면서 그는 나와 피스토리우스가 불 앞에서 느낀 것과 똑같은 것을 느꼈던 것이다.

다음 만남에서 그 오르간 연주자는 설명했다.

"우리는 개인의 한계를 너무 좁히고 있어! 개인적으로 구별할 수 있는 것, 다른 사람과 달라 보이는 것만을 개인이라고 생각하지. 그러나 우리는 세계를 이루는 모든 요소의 총체이고, 우리의 몸이 물고기, 아니 더 먼 곳까지 진화의 계보를 간직하는 것처럼, 우리의 영혼은 인간의 영혼이 살았던 모든 것을 간직하고 있어. 그리스인이든 중국인이든 줄루 족이든 마찬가지야.

여태까지 존재한 모든 신과 악마는 모두 우리 내부에 가능성으로서, 소망으로서, 출구로서 존재하는 거야. 만약 인류가 다 멸망해버리고 교육 받지 못한 보통의 지능을 가진 아이 하나만 살아남는다 해도 이 아이는 만물의 모든 과정을 다시 발견하게 될 거야. 신과 악마, 낙원, 계율, 금지, 신약과 구약 성서를 다 다시 만들 거란 얘기지."

"좋아요. 하지만 그렇다면 개인은 아무런 가치도 없겠네요? 모든 것을 이미 우리 내부에 완성된 것으로 가지고 있다면, 뭐 하러 노력해요?" 나는 반문했다.

"잠깐만!" 피스토리우스가 격렬하게 외쳤다.

"세계를 그냥 자기 내부에 간직하고 있는 것과 그것을 알고 있는 것 사이에는 큰 차이가 있어. 미친 사람이 플라톤을 연상시키는 사상을 생각해낼 수도 있고 헤른후트파(경건주의 교단) 학교의 독실한 초등학생이 그노시스파(Gnosis 이단)나 조로아스터교(Zoroaster 이원교)에서 나타내는 깊은 신화적 관련을 창조적으로 반증할 수도 있어.

그러나 그들은 그것을 알고 있다는 것을 자각하지 못하지. 자각이 없다면 나무나 돌, 기껏해야 짐승에 불과한 거야.

인식의 첫 번째 불꽃이 밝혀지는 순간 인간이 되는 것이지. 설마 두 다리로 길거리를 돌아다니는 친구들을, 그들이 똑바로 서서 걸어가고, 10개월 만에 태어났다는 이유만으로, 다 인간이라고 생각하는 건 아니겠지? 아직도 물고기나 양이나 지렁이, 거머리인 자들이 얼마나 많은지 알잖아! 개미나 벌 따위는 또 얼마나 많냐고! 물론 그런 친구들도 인간이 될 가능성이 있기는 하지. 그 가능성을 예감하고 부분적으로라도 자각하게 되면."

우리의 대화는 거의 이런 식이었다. 완전히 새롭거나 생각지도 못한 놀라운 이야기는 거의 없었다. 그러나 그 모든 대화는, 가장 진부한 것조차, 낮고 꾸준한 망치질로 나의 내면의 한 부분을 두드렸다. 그 모든 것이 나 자신을 형성하도록 돕고, 내가 껍질을 깨뜨리도록 힘을 보탰다. 그렇게 매번 나는 머리를 조금씩 높이 올리게 되었고 좀 더 자유로워졌으며, 마침내 나의 노란 새가 세계의 껍질 밖으로 그 아름다운 맹금의 머리를 내밀었다.

우리는 자주 꿈 이야기를 했다. 피스토리우스가 꿈을 해석할 줄 알았던 것이다. 아직도 기억하고 있는 것이 하나 있다.

나는 날아다니는 꿈을 꾸었다. 하지만 그것은 통제할 수 없는 어떤 큰 힘에 의해서 공중에 내던져진 것이었고 내 마음대로 되지 않았다. 처음에는 하늘을 나는 것이 무척 상쾌했지만 내 의지와 상관없이 점점 더 높이 올라가자 나는 공포를 느꼈다. 나는 문득 숨을 내쉬거나 멈추는 것으로 오르내리는 것을 조절할 수 있다는 것을 깨닫고 안도의 한숨을 쉬었다.

그 꿈을 피스토리우스는 이렇게 해석했다.

"너를 날게 한 그 힘은 누구나 가지고 있는 인류의 큰 재산이야. 그러나 그걸 느끼는 순간 사람들은 불안해지지. 왜냐하면 그것은 온갖 힘의 근원과 연결되는 것이라 끔찍하게 위험하거든. 그래서 사람들은 대부분 나는 것을 포기하고 정해진 대로 걷는 쪽을 택하는 거야.

그러나 너는 그렇지 않아. 너는 유능한 청년답게 계속 날아다녀. 그러면 어떻게 될까?

너는 스스로 날 수 있다는 놀라운 발견을 하게 되지. 너를 이끄는 엄청나게 거대하고 보편적인 힘에 작지만 섬세한 너의 힘이 보태지면, 하나의 기관, 하나의 방향키로 작용하게 된다는 사실 말이야.

그것은 아주 중요한 일이야. 그것을 발견하지 못하면 우리는 의지와 상관없이 떨어져버리는 거야.

미친 사람들을 보면 확실히 알 수 있어. 미친 사람들은 길을 걸어 다니는 보통 사람들보다 더 깊은 예감을 갖고 있어. 하지만 그들에게는 열쇠도 방향키도 없기 때문에 바닥 모를 심연으로 떨어져버리는 거야.

하지만 싱클레어, 너는 그것을 해내고 있어. 어떻게 그럴 수 있는지 알아? 아마 모를 걸. 너는 새로운 기관,

일종의 호흡조절기 같은 것을 지금 쓰고 있는 거야. 그러니 이제 네 영혼조차 가장 깊은 곳에서는 전혀 개인적인 것이 아니라는 걸 알겠지! 네 영혼이 그 호흡조절기를 발견한 것은 아니니까.

그것은 새로 발견된 게 아니야. 몇 천 년 전부터 존재하는 것을 빌려온 것에 불과해. 사실 그것은 물고기의 평형기관인 부레야. 부레가 허파 구실도 해서 경우에 따라 호흡을 하기도 하는 특이하고 아주 오래된 물고기가 드물기는 해도 실제로 존재해. 그러니까 네가 꿈속에서 날아다닐 때 사용한 허파와 똑같은 것이지!"

그는 동물학 책을 꺼내 들고 와서 그 물고기의 이름과 그림을 내게 보여주었다. 나는 나의 내부에 남아 있다는 초기 단계의 기능을 생생히 느꼈다. 전율이 온몸을 훑고 지나갔다.

6.
야곱의 투쟁

그 특이한 음악가 피스토리우스가 아프락사스에 대해 한 말을 짧게 다 옮길 수는 없지만 내가 그에게서 배운 가장 중요한 것은 나 자신에게로 한걸음 더 다가간 일이었다.

나는 그 당시, 열여덟 살 가량의 특이한 청년이었다. 어떤 면에서는 무척 조숙했고, 또 어떤 면에서는 무척 늦되고 무력했다. 오만한 자부심으로 세상을 경멸할 때도 많았지만, 또 그만큼 자주 의기소침하기도 했다. 어떤 때는 스스로 천재라고 생각했고 또 어떤 때는 내가 반쯤은 미친 게 아닌가 생각했다.

내 나이 또래의 친구들의 생활에서 즐거움을 나눈다는 것은 상상할 수도 없는 일이었다. 그래서 나는 내가 절망적으로 남들과 분리되어 있으며, 삶의 문이 나에게는 닫혀 있는 것이 아닐까 생각하며 근심과 자책으로 자신을 괴롭히고 있었다.

성숙한 괴짜였던 피스토리우스는 나에게 용기를 주었고, 자신을 존경하도록 가르쳤다. 내가 말한 것, 내가 꾼 꿈, 나의 환상과 사상 속에서 그는 언제나 가치 있는 것을 찾아내고, 아주 중요한 것으로 받아들이고, 진지하게 논평하는 것으로 모범을 보였다. 예를 들면 그는 이런 식으로 말했다.

"전에 네가 그랬지, 음악을 사랑하는 것은 그것이 도덕적이 아니기 때문이라고. 그건 아무래도 좋아. 중요한 건 너 자신이 도덕가여서는 안 된다는 거야! 남과 비교하지 마. 자연이 너를 박쥐로 만들었는데, 타조가 될 생각을 하면 안 되지. 다른 사람들과 다른 길을 간다고 자신을 별나게 생각하고 자책하는 것도 그만 둬.

불을 봐. 구름을 봐. 예감이 떠올라 너의 영혼이 말을 시작하면 그것에 몸을 맡겨, 선생님이나 아버지, 신의 마음에 들까 묻지 말고! 바로 그런 짓 때문에 자신을 망치는 거니까. 그런 짓 때문에 인도로 올라서게 되고 화석이 되어 가는 거라고. 알겠니, 싱클레어?

우리의 신은 아프락사스야. 그는 신이면서 악마이고, 밝은 세계와 어두운 세계를 모두 자기 속에 가지고 있어. 아프락사스는 너의 어떤 생각도, 너의 어떤 꿈도 반대하지 않아. 하지만 잊지 마. 언젠가 네가 나무랄 데 없는 정상적인 인간이 되어버리면 아프락사스는 자신의 사상을 끓일 새로운 냄비를 찾아 떠난다는 걸."

내가 꾼 온갖 꿈 가운데서도 가장 끈질기게 이어지는 꿈은 그 어두운 사랑의 꿈이었다. 몇 번이나 똑같은 꿈을 꾸었던 것이다. 문장의 새 밑을 지나 오래 된 우리 집으로 들어가 어머니를 안으려고 하면, 늘 어머니 대신 반은 남자 같고 반은 여자 같은 몸집 큰 여인을 끌어안고 있었다. 두려움 속에서도 나는 그녀에게 불타는 욕망으로 이끌렸다. 피스토리우스에게도 이 꿈만은 말할 수 없었다. 나는 그에게 다른 것은 모두 털어 놓았지만 이 꿈만은 홀로 간직했다. 그 꿈은 나만의 은신처, 나만의 비밀, 나만의 피난처였다.

마음이 답답하고 쓸쓸할 때면 피스토리우스에게 북스테후데의 파사칼리아를 연주해달라고 청했다. 그리고 나는 저녁나절의 어두운 교회 안에 앉아 넋을 잃고, 그 오묘하고도 간절한 음악에 귀를 기울였다. 자신의 내부에 가라앉은 채 내면의 소리에 귀를 기울이는 것만 같은 그 음악은 들을 때마다 기분이 좋았고, 내가 영혼의 목소리를 들을 준비를 갖추게 했다.

이따금 우리는 오르간 소리가 사라지고 난 뒤에도 한참을 그대로 교회 안에 앉아서, 흐릿한 불빛이 뾰족한 고딕식 창문으로 스며들어와 가물가물 사라지는 모습을 바라보곤 했다.

"참 웃기는 얘기야, 내가 한때 신학생이었고 거의 목사가 될 뻔했다니. 하지만 내 잘못은 그저 형식적인 거였어. 지금도 성직자는 내 천직이자 목표야. 다만 너무 빨리 만족해서, 아프락사스를 알기도 전에 여호와를 받들었다는 게 문제였을 뿐이야. 모든 종교는 참 멋진 거야. 종교는 영혼이야. 그리스도의 성찬을 받든, 메카로 순례를 가든 똑같아."

피스토리우스가 말했다.

"그럼 그때 목사가 됐으면 좋았을 걸 그랬네요."

내가 대답했다.

"그렇지 않아, 싱클레어. 그랬더라면 나는 거짓말을 하면서 살아야 했을 테니까. 지금 우리의 종교는 전혀 종교 같지 않은 것으로 변질되어버렸어. 마치 이성의 산물인 것처럼 말이지. 막상 불가피해지면 가톨릭 신자 정도는 될 수 있을지도 모르지만 신교의 목사라니, 말도 안 돼! 정말로 신앙심이 두터운 사람들은, 그런 사람들을 몇 명 알고 있는데, 오로지 말씀에 의지하려고 들지.

그런 사람들에게, 예를 들어, 그리스도는 인간이 아니라 영웅이고 신화이며, 영원의 벽 위에 인류가 자기 자신을 투영한 거대한 환상이라는 따위의 말을 할 수 있을까? 그리고 삶을 풍성하게 해주는 말씀을 들으려고, 의무를 다하려고, 어떤 일도 소홀하게 넘기지 않으려고, 아무튼 이런저런 이유로 교회로 오는 사람들에게는 내가 무슨 말을 해줄 수 있을까?

그들을 개종시키기라도 해야 하나? 전혀 그럴 생각도 없고, 어차피 목사는 개종시키는 사람이 아니야. 같은 신을 믿는 신자들과 함께 생활하면서, 각자 나름의 신을 만들어내려고 하는 심정을 지지하고 명백하게 나타내는 사람일 뿐이지."

그는 말을 뚝 끊었다. 그리고 잠시 생각한 다음 다시 말을 이었다.

"우리가 지금 아프락사스라는 이름으로 선택한 새로운 신앙은 아주 멋진 거야. 우리가 가진 최상의 것이지. 그러나 그건 아직 젖먹이 어린애야. 아직 날개도 돋지 않았어. 고독한 종교는 아직 진짜가 아닌 거야. 종교는 공동의 것이어야 하고 예배와 도취, 축제와 비밀스런 의식을 가져야 해."

그는 골똘히 생각에 잠겼다.

"비밀스런 의식은 혼자서도 할 수 있고 아주 적은 수로도 할 수 있는 거 아닌가요?" 나는 머뭇머뭇 물었다.

"할 수 있지. 나만 해도 벌써 오래 전부터 하고 있었어. 누가 알면 몇 년은 감옥살이를 할 그런 예배 말이야. 하지만 그거로는 진짜가 될 수 없다는 건 내가 제일 잘 알아."

갑자기 그가 내 어깨를 툭 치는 바람에 나는 깜짝 놀랐다. 그가 날카롭게 말했다.

"너도 비밀의식을 갖고 있지? 나에게 말하지 않은 꿈이 있을 거야. 그 꿈이 뭔지 내가 알 필요는 없어. 하지만 한 가지만 말할게. 그 꿈대로 살아야 해. 그 꿈을 연출하고 그 꿈을 위해 제단을 세워! 그건 아직 완전하지는 않지만 하나의 길인 건 확실해. 우리가, 너와 나, 그리고 다른 몇 사람이 언젠가 세계를 완전히 다른 것으로 바꿀 수 있을지는 두고 봐야 알 일이지만, 우리는 자기 내부의 세계를 매일 혁신해야 해. 그렇지 않으면 우리는 아무것도 아니라는 걸 잊지 마!

열여덟 살이지, 싱클레어. 넌 매춘부 따위에겐 가지 않겠지? 넌 분명히 사랑의 꿈, 사랑의 소망을 가지고 있을 거야. 넌 아마 그것이 두려울 테지만, 두려워하면 안 돼! 그건 네가 갖고 있는 것들 가운데 가장 좋은 거야! 내 말을 믿어. 네 나이 때 나는 내 사랑의 꿈을 억눌렀지. 그래서는 안 되는 거였는데. 아프락사스를 안 이상 넌 그러지 마. 네 마음이 원하는 것, 네 영혼이 욕망하는 것은 그게 무엇이든 두려워하거나 금지된 것으로 생각하지 말아야 해."

나는 깜짝 놀라서 반박했다.

"마음 내키는 대로 다 해치울 수는 없잖아요! 누가 마음에 안 든다고 죽여 버리나요?"

그가 가까이 다가서며 말했다.

"경우에 따라서는 그럴 수도 있어. 대개의 경우 틀렸다는 게 문제일 뿐이지. 머릿속에 떠오르는 대로 무조건 행동하라는 게 아니야. 다만, 나름 훌륭한 의미를 지닌 생각이 떠올랐을 때 그것이 금지된 것이라고 해서 몰아내거나, 도덕적인 잣대를 들이대면서 못쓰게 만들지 말라는 거야. 자신이든 남이든 십자가에 못 박을 시간이 있으면 포도주나 한 잔 마시면서 희생의 비밀의식을 생각하는 게 더 낫지. 그렇게까지는 하지 않더라도 최소한 자신의 본능적인 충동이나 유혹을 존중하라는 거야.

존경과 사랑으로 바라보면 그것들은 모두 나름의 의미를 보여줄 거야. 그것들도 모두 의미가 있는 거니까. 혹시 정말로 미친 것 같은, 죄악에 넘친 생각이 떠오르면, 싱클레어, 누구를 죽이고 싶다거나 끔찍하게 불결한 짓을 하고 싶어지면, 그때는 잠깐 생각해 보는 거야.

아프락사스가 내 마음 속에서 이런 공상을 하는구나. 네가 죽이고 싶은 사람은 구체적인 누가 아니라 가면에 불과한 거야. 어떤 인간을 증오한다면 그것은 자신의 내부에 들어 있는 그의 모습을 증오하는 거야. 우리 내부에 없는 것은 절대로 우리를 흥분시킬 수 없어."

피스토리우스가 이토록 날카롭게 나의 비밀을 깊숙이 찌른 것은 처음이었다. 나는 너무 놀라 대답조차 할 수 없었다. 무엇보다 강렬하게, 믿을 수 없을 정도로 나를 뒤흔든 것은, 그 동안 마음속에 간직해 온 데미안의 말과 그의 말이 일치한다는 것이었다. 서로 모르는 두 사람이 똑같은 말을 하고 있는 것이었다.

피스토리우스는 낮은 목소리로 계속했다.

"우리가 보는 사물은 우리의 내부에 있는 것과 똑같은 거야. 우리 내부에 갖고 있지 않은 현실이란 존재하지 않아. 대부분의 사람들은 눈에 보이는 사물이 현실이라고 생각하고, 그들 내부에 있는 자신의 입을 막아버리기 때문에 그처럼 비현실적으로 살 수 있는 거야. 그렇게 사는 게 행복할 수도 있지. 하지만 일단 진실을 알고 나면 이미 선택의 여지가 없어지지. 우리는 다른 사람들이 가는 길을 갈 수 없게 되는 거야. 싱클레어, 모든 사람들의 길은 쉽지만 우리의 길은 험난해. 그래도, 가자!"

며칠이 지났다. 그 동안 두 번 그를 만나러 갔다가 허탕 친 뒤였다. 찬바람 부는 밤늦은 거리에서 취해 비틀거리며 혼자 골목을 돌아 나오는 그를 보았다. 그를 부를 마음이 나지 않았다. 그는 나를 알아보지 못하고 내 곁을 지나쳤다. 미지의 어두운 부름을 따라가는 사람처럼 타는 듯 고독한 눈으로 허공을 응시하면서.

나는 다음다음 골목까지 그를 뒤따라갔다. 눈에 보이지 않는 끈에 매달려 끌려가는 것처럼, 깊은 생각에 잠긴 채 맥 빠진 걸음걸이로 유령처럼 멀어져가는 그를 보며 나는 슬퍼졌다. 나는 내 방으로, 나의 실현 못한 꿈에게로 돌아왔다.

그런 방법으로 내부 세계를 혁신하는 건가 생각하다가 문득 그런 사고방식은 저열하고 도덕적인 발상이라 느꼈다. 그의 꿈에 대해 내가 뭘 안다고! 술 취한 그가 어쩌면 불안 속을 헤매는 나보다 훨씬 확실한 길을 가고 있는지도 몰랐다.

쉬는 시간에, 동급생 하나가 나에게 접근하고 싶어 한다는 것을 알아차렸다. 그때까지 관심조차 가져본 적 없던 그 친구는 작고 마른 몸집의 가냘픈 소년으로 붉은빛이 도는 금발은 숱이 적었고, 눈빛과 태도에는 독특한 느낌이 있었다. 어느 날 밤, 기숙사로 돌아오는 길이었다. 그는 골목에서 기다리고 있다가 내가 그대로 지나치자 곧 내 뒤를 따라와서 현관 앞에 섰다.

"무슨 할 말 있어?" 내가 물었다.

"얘기 좀 하고 싶어. 같이 좀 걸을래?"

그가 수줍게 말했다. 나는 그를 따라가면서 기대와 흥분으로 그의 손이 떨리는 것을 보았다.

"너 심령술사야?" 그가 느닷없이 물었다.

"아니야, 크나우어. 왜 그런 생각을 하게 된 거야?"

내가 웃으며 말했다.

"그럼 접신 같은 거 하니?"

"아니."

"그렇게 숨기지 좀 마! 너한테 아주 특별한 것이 있다는 걸 알아. 네 눈에 다 나타나 있어. 너는 틀림없이 영혼과 교류하고 있어. 호기심 때문에 묻는 게 아니야. 싱클레어, 절대로 그런 게 아니야! 나도 모색하고 있는 중이야. 게다가 나는 정말 고독해."

"더 얘기해 봐. 나는 영혼에 대해서는 잘 모르지만 꿈속에서 사는 건 확실해. 그것을 네가 느낀 걸 거야. 다른 사람들도 꿈속에서 살긴 하지만 그들 자신의 꿈이 아니야. 그게 다른 점이지."

나는 그를 격려했다.

"그럴 지도 몰라. 그게 어떤 종류의 꿈이냐가 결국 문제일 거야. 백마법이란 것에 대해 들어본 적 있니?"

그가 낮은 목소리로 속삭였다.

나는 아니라고 대답할 수밖에 없었다.

"그건 자기 자신을 지배하는 법을 배우는 거래. 그러면 불사신이 되고 마법도 부릴 수 있게 된대. 그런 수련을 한 번도 한 적 없어?"

내가 호기심을 느끼고 수련에 대해 묻자 그는 처음에는 말하지 않으려고 버텼다. 그러나 내가 가려고 돌아서자 털어놓기 시작했다.

"예를 들면 이런 거야. 잠들기 전이나 정신을 집중하고 싶을 때 그런 수련을 하는데, 일단 뭐든 한 가지를 생각해. 단어나 이름, 또는 기하학 도형 같은 거. 그것에 생각을 집중해서 나의 머릿속에 그것을 밀어 넣는다고 상상해. 제대로 들어갔다고 느낄 때까지 계속 생각하는 거야. 다음에는 목 안으로 밀어 넣는다고 상상해. 그러다 보면 마침내 내 몸은 온통 그것으로 가득 차게 되고, 그렇게 되면 나는 완전히 확고해져서 그 무엇에도 평정을 잃지 않게 되는 거야."

나는 그가 무슨 말을 하는지 대충 이해했다. 그러나 그는 다른 할 말이 더 있었다. 여전히 흥분해 있었고 조급해 보였던 것이다. 그가 말을 꺼내기 쉽도록 편안하게 이끌어주자 그는 마침내 자기의 진짜 문제를 털어놓기 시작했다.

"너도 금욕하지?" 그가 두려운 듯이 물었다.

"무슨 뜻이야? 성적인 것 말이야?"

"응. 금욕이란 걸 알고 난 다음부터 나는 벌써 2년째 금욕하고 있어. 그 전에는 나쁜 짓을 했었지만…… 그게 무슨 의미인지는 너도 알지? 혹시, 너는 여자랑 잔 적이 한 번도 없니?"

"없어. 아직 그러고 싶은 여자를 못 만났어."

"그럼 그런 여자를 만나면, 그 여자와 잘 거야?"

"물론이지. 그 여자가 거절하지 않으면."

나는 약간 놀리는 투로 말했다.

"아니야, 그럼 안 돼! 우리는 완전히 금욕생활을 해야만 내면의 힘을 키울 수 있는 거야. 나는 2년이나 그걸 지켰어. 2년하고 1개월 조금 넘었어. 얼마나 힘든지 몰라. 정말 더는 못 참겠다고 포기하고 싶을 때도 많아."

"크나우어, 나는 금욕이 그렇게 중요하다고는 생각하지 않아."

"나도 알아. 누구나 다 그렇게 말하지. 하지만 너까지 그럴 줄은 몰랐어. 보다 높은 정신의 길을 가는 사람은 순결해야 해, 절대로!" 그가 반박했다.

"그럼 그렇게 해! 하지만 나는 성욕을 억제하는 사람이 왜 다른 사람보다 순결한지 모르겠어. 머릿속이나 꿈속에서까지 성욕을 완전히 몰아낼 수 있다면 몰라도."

그는 절망적인 눈으로 나를 보았다.

"바로 그게 문제야! 그래서 힘들다는 거야. 그래야만 하는데 그게 안 되니까. 밤마다 나는 나 자신에게도 말 못할 그런 꿈을 꿔. 끔찍해, 정말!"

나는 피스토리우스가 했던 말이 생각났다. 그러나 그 말이 아무리 옳다고 해도 남에게 그대로 다시 전해줄 수는 없었다. 나 자신의 경험에서 나온 것도 아니고, 나 자신도 아직 제대로 따르지 못하는 충고를 남에게 해줄 수는 없는 일이었다. 나는 아무 말도 할 수가 없었다. 누군가 나에게 도움을 청하고 있는데 내가 아무것을 해줄 수 없다는 사실 때문에 나는 열등감을 느꼈다.

크나우어는 계속 한탄을 쏟아내고 있었다.

"할 수 있는 건 다 해 봤어! 별짓을 다 했지. 냉수욕도 했고 심지어는 눈으로도 해 봤어. 체조도 했고 달리기도 했어. 하지만 아무것도 소용이 없었어. 매일 밤 나는 생각해선 안 될 꿈을 꾸다가 깨어나. 가장 끔찍한 것은 그런 꿈 때문에 내가 정신적으로 이룬 것들마저 차츰 잃어간다는 사실이야. 나는 이제 집중을 하거나 잠드는 일도 마음대로 할 수 없어서, 밤새도록 깨어 있을 때도 많아. 이런 식으로는 정말 오래 못 견딜 것 같아. 하지만 이 투쟁을 끝까지 이겨내지 못한다면, 그래서 중간에 포기하고 순결을 잃는다면, 나는 한 번도 투쟁하지 않은 사람보다 더 허튼 놈이 되는 거야. 그건 너도 알겠지?"

나는 고개를 끄덕였지만 할 말은 없었다. 그의 이야기를 듣는 것이 지루했다. 나는 그의 절박한 괴로움과 절망에 공감하지 않는 나 자신에게 조금 놀랐다. 나는 너를 도와줄 수가 없다는 말만 입안에서 맴돌았다.

“나한테 해 줄 말이 하나도 없니? 무슨 방법이 있을 거 아냐! 너는 어떻게 하는데?”

마침내 그는 지쳐빠진 표정으로 슬프게 말했다.

“할 말이 없어, 크나우어. 이런 문제는 서로 도울 수가 없는 거야. 나를 도와준 사람도 아무도 없었어. 너는 스스로 생각해야 해. 너의 본질에서 솟아나오는 대로 행동하는 것 말고는 다른 방법이 없어. 네가 스스로 찾지 못한다면 다른 어떤 영혼도 역시 찾지 못할 거야.”

실망한 표정으로 입을 꼭 다물고 그 작은 친구는 물끄러미 나를 바라보았다. 갑자기 그의 눈에 증오의 불길이 타올랐다. 그는 얼굴을 일그러뜨리며 소리쳤다.

“참 멋진 성자님이시군! 그래봤자 너도 나쁜 짓을 하지? 겉으로는 현자인 척해도 너도 나처럼, 다른 모든 인간들처럼 뒤로는 더러운 것에 매달려 있을 게 뻔해! 넌 돼지야. 나와 똑같은 돼지야. 우린 모두 돼지라고!”

나는 자리를 떠났다. 그는 두세 걸음 나를 따라오다가 멈추더니 돌아서서 뛰어가 버렸다. 동정과 혐오로 속이

메슥거렸다. 방에 돌아와 그림 몇 장을 주위에 늘어놓고, 절박한 동경을 느끼며 나 자신의 꿈에 몸을 던질 때까지 이 기분에서 놓여날 수가 없었다. 꿈이 다시 내 앞에 나타났다. 현관과 문장, 어머니와 그 낯선 여인의 꿈이었다. 그녀의 표정이 어찌나 또렷하던지 나는 곧바로 그녀의 모습을 그리기 시작했다.

꿈을 꾸고 있는 것 같은 상태로 매일 15분 정도씩, 거의 무의식적으로 그림을 그려 며칠 만에 그림을 완성했다. 저녁 무렵 나는 그림을 벽에 붙이고 탁상용 램프를 그 앞에 갖다 놓은 다음, 결판이 날 때까지 싸워야 하는 신을 마주한 것처럼 그 앞에 섰다.

얼굴은 전에 그린 그림과 비슷했다. 내 친구 데미안과도 비슷했고, 어딘지 나 자신과도 비슷한 데가 있었다. 한쪽 눈이 다른 한쪽 눈보다 두드러지게 위에 있었고, 시선은 내면에 가라앉은 채, 내 머리 위를 지나 운명적인 어떤 곳을 향하고 있었다.

그림 앞에 서 있는 동안, 내면적 긴장 때문인지 가슴속 깊은 곳까지 추워지는 느낌이 들었다. 나는 그림 속 여인을 비난하고, 꾸짖고, 애무하고, 그녀에게 기도했다. 어머니라고 불렀고, 연인이라고 불렀으며, 매춘부라고 욕하고, 아프락사스라고 불렀다. 그러는 동안 피스토리우스가 한 말이 떠올랐다. 어쩌면 데미안이 한 말이었을까? 언제 들었는지는 생각나지 않았지만 그 말이 다시 들리는 것 같았다. 그것은 하느님의 천사와 야곱과의 투쟁에 관한 말이었다.

그대가 나를 축복하지 않는 한
나는 그대를 놓지 않으리라.

램프 불빛에 비친 내 그림 속의 얼굴은 내가 부를 때마다 다른 얼굴이 되었다. 밝게 빛나는 얼굴이 되었다가, 어둡고 우울한 얼굴이 되었다. 창백한 눈꺼풀로 생기 없는 눈을 덮었다가 다시 치켜뜨고 불타는 눈으로 쏘아보기도 했다. 그것은 여인, 남자, 소녀, 어린애, 짐승이었고, 작은 점으로 사라졌다가 다시 커지고 뚜렷해졌다. 마침내 나는 강한 내면적 욕구에 따라서 눈을 감았다. 그러자 그림 속 얼굴은 나의 내부에서 더욱 강렬하게 떠오르는 것이다.

나는 그 그림 앞에서 무릎을 꿇고 싶었다. 그러나 그것은 이미 나의 내부에 가득 차서, 마치 나 자신인 것처럼 나와 분리할 수 없었다.

그때 나는 봄의 폭풍처럼 어둡고 무거운 바람소리를 들었다. 뭐라 말할 수 없는 불안과 감동으로 몸이 떨렸다. 수많은 별들이 순식간에 내 앞으로 떠올랐다가 사라졌다. 잊었던 유년기의 추억, 아니 내가 태어나기 이전과 인간으로 가는 진화의 초기 단계까지 거슬러 올라간 추억들이 몰려와서 내 곁을 흘러 지나갔다.

가슴 속 깊숙이 감춰두었던 비밀까지, 내 모든 삶을 되풀이할 것처럼 보이던 그 추억은 어제와 오늘로 끝나지 않았다. 그것은 계속해서 앞으로 나아가, 미래를 또렷하게 드러내고 나를 현재에서 떼어내어 새로운 삶의 형식 속으로 끌고 갔다. 그 미래의 모습은 현기증이 날 정도로 눈부신 것이었지만, 나중에는 아무리 생각해도 기억이 나지 않았다.

한밤중에 나는 깊은 잠에서 깨어났다. 옷을 입은 채였고 침대 위에 비스듬히 누워 있었다. 불을 켜고 뭔가 중요한 일을 해야 한다는 느낌이 들었다. 지난 몇 시간 동안의 일이 전혀 생각나지 않았다. 불을 켜자 조금씩 기억이 되살아났다. 그림을 찾아보았지만 벽에 붙어 있지 않았다. 책상 위에도 없었다. 어렴풋이 내가 그것을 불태웠던 것 같은 느낌이 들었다. 그럼 내가 그림을 손에 든 채 태우고 그 재를 먹었던 것이 꿈이 아니었나?

왠지 몸이 부들부들 떨렸다. 나는 커다란 불안에 사로잡힌 채 모자를 쓰고 기숙사를 뛰쳐나와 골목을 빠져나갔다. 어떤 절대적인 힘이 나를 잡아당기는 것 같았다. 폭풍에 떠밀리는 것처럼 나는 거리를 지나 광장을 뛰었다. 내 친구 피스토리우스의 불 꺼진 교회 앞에서 귀를 기울이며, 무엇을 찾는지도 모르는 채 찾고 또 찾았다.

시내 변두리에 있는 사창가를 지났다. 그곳에는 아직 더러 불빛이 보였다. 그 끝자락에 새로 지은 건물과 벽돌 더미가 쌓여 있었고, 더러는 잿빛 눈으로 덮여 있었다. 몽유병자처럼 알 수 없는 힘에 이끌려 이런 황량한 곳을 헤매는 동안, 크로머가 맨 처음 나를 끌고 갔던 고향의 그 건물이 생각났다. 그 비슷한 건물이 잿빛 어둠 속에서 지금 내 앞을 가로막고 서서 시커먼 입구를 나에게 벌리고 있었기 때문이다.

나는 그곳으로 들어갔다. 빨려 들어가는 것 같았다. 모래와 돌조각에 걸려 넘어지면서도 끌어들이는 힘이 너무나도 강해서 나는 안으로 들어가지 않을 수가 없었다. 판자와 부서진 벽돌을 넘어서 휘청거리며 나는 인기척 없는 방으로 들어섰다. 축축한 돌 냄새 나는 방안은 쌓아놓은 모래가 희뿌옇게 보일 뿐 온통 깜깜했다. 그때 무섭게 놀란 목소리가 외쳤다.

"싱클레어, 여긴 어떻게 알고 왔어?"

바로 옆에서 작고 마른 사람이 시커먼 유령처럼 일어섰다. 머리칼이 쭈뼛 곤두서는 공포 속에서도 나는 크나우어를 알아보았다. 너무 놀라고 흥분해서 더듬거리며 그가 물었다.

"어떻게 온 거야? 나를 어떻게 찾아낸 거야?"

나는 얼떨떨해서 멍청하게 대답했다.

"너를 찾고 있었던 게 아니야."

왠지 한마디 한마디가 힘이 들어서, 마치 죽어서 굳어버린 무거운 입술에서 간신히 새어나오는 것 같았다.

그는 나를 똑바로 바라보았다.

"나를 찾고 있었던 게 아니라고?"

"그래, 뭔가 나를 잡아당겼어. 네가 나를 불렀니? 그랬구나. 네가 나를 부른 거야. 틀림없어. 그런데 대체 여기서 뭘 하고 있어? 한밤중에."

그는 여윈 팔로 경련하듯이 나를 안았다.

"그래, 한밤중이야. 곧 아침이 오겠지. 아, 싱클레어. 네가 나를 잊지 않았구나! 나를 용서해 주겠니?"

"뭘 용서해?"

"내가 그날 너무 더럽게 굴었지?"

그제야 그날 일이 생각났다. 사오일 전이었던가? 그런데 한평생이 지난 것처럼 까마득했다. 갑자기 모든 것이 분명해졌다. 우리 사이에 일어났던 일뿐만 아니라 내가 어떻게 여기 왔으며, 크나우어가 이런 데서 무엇을 하려고 했는지.

"죽으려고 했구나, 크나우어!"

그는 추위와 공포 때문에 몸을 벌벌 떨고 있었다.

"응, 진짜 해낼 수 있었을지는 모르겠어. 그냥 아침까지 기다려 보려고 했어."

나는 그를 밖으로 데리고 나갔다. 새벽 첫 햇살이 차갑고 매몰차게 회색 공기 속으로 번지고 있었다.

한동안 나는 크나우어의 팔을 잡고 걸었다. 문득 나는 그에게 말했다.

"이제 집으로 돌아가, 그리고 아무에게도 말하지 마. 너는 잘못된 길을 걸은 거야! 잘못된 길을! 우린 네가 생각하는 것처럼 돼지가 아니야. 우린 인간이야. 우리는 신을 만들고 신과 싸우고, 그렇게 신은 우리를 축복하는 거야."

우리는 말없이 걸었고 말없이 헤어졌다. 기숙사로 돌아왔을 때 날은 이미 밝아 있었다.

성×× 시에서 지내는 동안 내가 얻은 최고의 수확은 피스토리우스의 오르간 옆에서, 또는 벽난로 불 앞에서 보낸 값진 시간들이었다. 우리는 아프락사스에 관한 그리스 원서를 같이 읽었다. 그는 베다(바라문의 경전) 번역문을 몇 구절 읽어주기도 했고, 성스러운 옴(Om 바라문의 주문)을 외는 방법을 가르쳐주기도 했다. 그러나 나를 내면적으로 성장하게 한 것은 이런 지식이 아니라 오히려 내 마음 속의 진보였다. 나 자신의 꿈과 생각과 예감을 이제 드디어 믿게 되었고, 나의 내부에 존재하는 힘을 조금씩이나마 알게 되었던 것이다.

피스토리우스와 나는 다양한 방법으로 마음을 주고받았다. 그에게 마음을 집중하면 어김없이 그가 찾아오거나 또는 그의 소식이 왔다. 데미안이 그랬던 것처럼, 그가 곁에 없어도 나는 그에게 무엇이든 물어볼 수 있었다. 머릿속에 떠올린 그의 모습에 강력한 상념의 형태로 질문을 보내면 질문 속에 담긴 나의 정신이 대답이 되어 나에게 돌아오는 식이었다. 그러나 내가 머릿속에 떠올린 것은 피스토리우스도 막스 데미안도 아니었다.

그것은 내가 꿈속에서 보고 그림으로 그렸던 사람, 남자인지 여자인지 알 수 없는 나의 수호신이었다. 그 모습은 이제 내 꿈속이나 내가 그린 종이 위에만 사는 것이 아니라 가장 이상적인 모습으로, 승화된 나 자신의 모습으로 내 안에 살아 있었다.

자살에 실패한 크나우어와의 인연은 좀 독특하고 우스꽝스러운 관계로 이어졌다. 내가 나도 모르게 그를 찾아냈던 그날 밤 이후로 그는 충실한 하인이나 개처럼 나를 따랐고, 그의 삶을 나의 삶과 연결시키려 했으며, 맹목적으로 나에게 복종했다. 영혼을 보고 싶다느니 카발라(중세 유태의 마법)를 배우고 싶다느니 생전 들어본 적도 없는 이상한 질문과 소망을 들고 찾아와서는 내가 아무리 모른다고 말해도 믿지 않았다. 그는 내가 어떤 힘이라도 자유롭게 다룰 수 있다고 믿었다.

그러나 묘한 것은, 그가 그런 얼토당토않은 질문을 가지고 오는 날에는 틀림없이 내가 내부에 있는 어떤 매듭에 막혀 있었고, 그의 기발하고 엉뚱한 발상이나 요구가 내 문제를 해결하는 실마리가 된다는 것이었다.

가끔은 귀찮아서 그를 쫓아내면서도 나는 그 역시 내게 보내진 사람이라는 것을 느꼈다. 내가 그에게 준 것은 늘 두 배가 되어 나에게 돌아왔고 그 역시 나의 안내자이며 하나의 길이었다. 그는 그 속에서 구원을 찾고자 탐독하는 신비주의적인 책들과 자료들을 나에게 가져왔으며 덕분에 나는 나의 한계를 뛰어 넘는 많은 것들을 배울 수 있었다.

훗날 크나우어는 언제인지 모르게 내 앞에서 사라졌다. 헤어질 때까지도 그와는 토론할 일도 별로 없었다. 그러나 피스토리우스와는 그렇지 않았다. 성×× 시에서의 고등학교 시절이 끝날 무렵 나는 이 친구와 색다른 일을 체험했던 것이다. 아무리 선량한 사람이라도 평생에 한 번, 또는 몇 번은 경건과 감사라는 미덕에 저촉되는 일을 하지 않을 수 없는 일이 생기는 법이다.

누구나 한 번은 아버지에게서, 스승에게서 자신을 떼어놓는 발걸음을 내디뎌야 하며, 대부분의 사람들은 그것을 견디지 못하고 다시 움츠러들고 말지만, 누구나 그렇게 냉혹한 고독을 느껴야만 한다. 부모님과 그 세계는, 내 아름다웠던 어린 시절의 '밝은 세계'는 나의 격렬한 투쟁으로 떨어져나간 것이 아니라 그저 서서히, 거의 눈에 띄지 않게 멀어졌고 낯설어진 것이었다. 그것은 슬픈 일이었다. 그래서 나는 고향에 돌아가는 것이 늘 괴로웠다. 하지만 그것은 뼛속까지 시린 아픔은 아니었고 그런 대로 견딜 만한 것이었다.

그러나 습관이 아닌, 자신의 내적 욕구에 의해 사랑과 존경을 바쳤을 때, 진심으로 제자가 되고 친구가 되었을 때, 그런데 자신의 내면을 이끄는 영혼의 흐름이 너무도 사랑하는 것으로부터 떠나려 한다는 것을 갑자기 깨닫는 순간, 그 두려움과 괴로움은 말로 다 할 수 없는 것이다. 친구와 스승을 거부하는 생각 하나하나가 독화살이 되어 자신의 심장을 찌르고, 자신을 방어하려고 내미는 모든 손짓 하나하나가 자신의 얼굴을 때리기 때문이다. 그래서 대부분의 도덕적인 사람들은 파렴치한 호칭이나 낙인처럼 떠오르는 불성실, 배은망덕 같은 단어에 깜짝 놀라 유년 시절의 도덕적이고 아름다운 골짜기로 도망치게 되고, 그 이별이 어쩔 수 없다는 것을, 그 유대를 끊을 필요가 있다는 것을 부정하게 되는 것이다.

시간이 흐르면서 친구 피스토리우스를 나의 절대적인 지도자로 받드는 것에 대한 저항이 마음속에 생겨나기 시작했다. 내 청년 시절의 가장 중요한 체험은 그와 나눈 몇 개월 동안의 우정이었으며, 그의 충고와 위안, 그리고 그와 가깝게 지내는 것이었다. 그를 통해서 신은 나에게 말을 걸었다. 내 꿈은 그를 통해 설명되고 해석되어 나에게로 돌아왔다. 그는 내가 자신의 길을 걸어갈 용기를 주었다. 아, 그런데도 나는 지금 그에게 반발하고 있는 것이다. 설교하는 것 같은 그의 말투 때문이기도 했지만 그가 나를 이해하는 것은 그저 나의 일부분에 지나지 않는다는 생각이 강했던 것이다.

그렇다고 우리가 싸우거나 말다툼을 한 것은 아니었다. 사이가 나빠진 것도 아니었고 그 동안의 관계를 청산하는 듯한 이야기를 나눈 적도 없었다. 나는 그저 그에게 별로 중요하지도 않은 한 마디를 했을 뿐이었다. 그러나 그 순간 우리의 환영은 우리 두 사람 사이에서 산산조각으로 찬란하게 부서졌다.

얼마 전부터 그런 예감이 나를 짓누르고 있었다. 그러나 그것이 뚜렷한 감정으로 드러난 것은 어느 일요일, 그의 고풍스러운 서재에서였다.

우리는 벽난로 불 앞에 엎드려 있었다. 그는 자기가 연구하고 있는 신비로운 것들과 여러 가지 종교에 대해 말하고 있었다. 그는 그런 것에 관심이 많았고 미래의 가능성까지 염두에 두고 있었다.

그러나 나에게는 그 모든 것이 삶에 불가피하게 중요한 일이라기보다는 신기하고 재미있는 일 정도로 느껴졌고, 폐허가 된 옛 세계에서 뭔가를 찾아내려 애쓰는 것이 괜한 헛수고로 보였다. 나는 갑자기 그의 현학적 태도에 반감을 느꼈다. 이런 방식으로 신화를 예배하고 전승적인 종교 형식을 여기저기서 끌어 모아 모자이크 놀이를 벌이는 것에 혐오감이 들었던 것이다.

"피스토리우스! 꿈 얘기나 좀 해주세요. 어젯밤에 진짜로 꾼 꿈 얘기요. 지금 같은 얘기는, 정말…… 곰팡내 나요."

불쑥 말해놓고 나는 깜짝 놀랐다. 악의가 담겨 있었던 것이다. 그는 내가 그런 투로 말 하는 것을 한 번도 본 적이 없었다. 내가 그에게 쏜 화살이, 지금 그의 심장에 꽂힌 화살이 그의 무기창고에서 빌린 것이라는 생각이 번개처럼 스쳤다. 그가 가끔 나에게 짓궂게 말하던 자책의 말을, 내가 지금 날카로운 형태로 모질게 다시 던졌다는 것을 깨닫고 나는 소스라치게 놀랐고 수치심을 느꼈다.

그는 단번에 그 모든 것을 간파하고 아무 말도 하지 않았다. 나는 초조한 마음으로 그를 바라보았다. 그 얼굴은 무서울 정도로 창백했다.

길고 무거운 침묵을 깨고 그가 불에 장작을 넣으며 조용히 말했다.

"네 말이 맞아, 싱클레어. 넌 머리가 좋아. 이제 곰팡내 나는 말 따위는 그만 두지."

목소리는 무척 차분했지만 나는 상처 받은 그의 아픈 마음을 분명히 느낄 수 있었다.

내가 대체 무슨 짓을 한 거지? 눈물이 쏟아질 것 같았다. 나는 그에게 진심으로 용서를 빌고 싶었고, 나의 사랑과 감사를 표현하고 싶었다. 감동적인 말이 떠올랐지만 입이 떨어지지 않았다.

나는 엎드린 채 불만 바라보았다. 그도 말이 없었다. 그러는 동안에도 불은 다 타서 점점 꺼져가고 있었다. 사그라져가는 불을 보면서 나는 다시는 돌아오지 않을 아름답고 다정한 무엇이 꺼져 흩어지는 것을 느꼈다.

나는 마침내 메마르고 쉰 목소리로 겨우 말을 꺼냈다.

"좀 오해하신 것 같아요."

이 어리석고 무의미한 말은 내 귀에도 기계적으로 읽는 신문 소설 한 구절처럼 들렸다.

"아니, 아주 잘 이해했어. 네 말이 맞아."

피스토리우스가 낮은 목소리로 말했다. 그는 잠깐 내 대답을 기다렸다가 천천히 다시 말을 이었다.

"한 인간은 다른 인간에 대해 옳을 수 있어."

'아니! 그렇지 않아요. 내가 틀렸어요.'

내 속에서 외치는 소리가 들렸다. 그러나 나는 아무 말도 하지 못했다. 나는 그 짧은 한 마디로 그의 본질적인 약점을 찔렀던 것이다. 그것은 그의 급소였고 아물지 않는 상처였다. 그의 이상은 곰팡내 나는 것이었다. 그는 과거를 향한 탐구자였으며 낭만주의자였던 것이다. 갑자기 나는 깊이 깨달았다. 피스토리우스는 나에게 주었던 것을 자신에게는 줄 수 없었고, 스스로는 그렇게 될 수 없었다는 것을. 그는 나를 길로 인도했지만, 그 길은 인도자를 뛰어넘어 그를 버리고 떠나야 할 길이었다는 것을.

어쩌다가 그런 말을 했는지 정말로 알 수가 없다. 일부러 그런 건 절대로 아니었고, 그런 식으로 그와 관계를 끊게 될 줄은 정말 몰랐었다. 말할 때도 사실은 무슨 말인지도 모르고 한 말이었다. 약간 재치를 부린답시고 심술궂은 발상을 내뱉은 것뿐이었는데, 그것이 운명이 되어버렸다. 무심코 저지른 작은 부주의가 그에게는 심판이 되어버린 것이다.

그때 나는 얼마나 바랐는지 모른다. 그가 화를 내고, 변명이라도 하고, 나에게 소리라도 지르기를!

그러나 그는 그런 내색조차 하지 않았다. 그 모든 것이 나 혼자만의 일로 끝나버린 것이다. 아마 할 수만 있었다면, 그는 미소 정도는 보였을 것이다. 그러나 그가 미소조차 짓지 못했다는 것으로 나는 내가 그에게 얼마나 치명적인 상처를 입혔는지 분명히 알 수 있었다.

배은망덕하고 건방진 제자의 공격을 군말 없이 달게 받고, 긍정하고, 운명으로 승복한 피스토리우스의 태도는 나 자신에 대한 혐오감으로 이어졌고, 나의 무분별한 행동을 천 배나 크게 만들었다. 내가 덤벼들 때는 충분히 강하고 전투력이 있는 상대를 각오했던 것인데, 알고 보니 상대는 조용히 참고 견디는 사람이었고, 말없이 두 손을 들어버리는 사람이었다.

우리는 오랫동안 꺼져가는 불 앞에 누워 있었다. 불길이 그려내는 모습 하나하나, 재가 되어 사그라지는 나무토막 하나하나가, 우리의 아름답고 행복하며 풍요했던 시간을 떠올리게 했고, 피스토리우스에 대한 죄책감을 더욱 크게 했다.

나는 더 이상 견딜 수가 없어서 밖으로 나갔다. 오랫동안 나는 방문 앞에 서 있었다. 어두운 계단에서도 한참을 서 있다가, 밖으로 나온 뒤에도 대문 앞에 서서 혹시 그가 나를 따라오지나 않을까 하며 기다렸다.

마침내 나는 걷기 시작했다. 시내와 교외와 공원과 숲 속을 밤이 될 때까지 몇 시간을 돌아다녔다. 그때 나는 처음으로 내 이마 위에 카인의 표지를 느꼈다.

이 일에 대해 전체적으로 살피게 되기까지는 시간이 걸렸다. 내 생각은 언제나 나 자신을 비난하고 피스토리우스를 변호하는 것으로 시작했지만 결과는 항상 그 반대로 끝났다. 내 경솔했던 말을 사과하고 취소하는 거야 얼마든지 할 수 있지만 어쨌든 그 말은 사실이었으니까.

이제야 비로소 나는 피스토리우스를 이해할 수 있었고 그의 꿈 전체를 내 앞에 세워볼 수 있었다. 목사가 되는 것, 새로운 종교를 선언하는 것, 숭고한 사랑과 예배의 새로운 형식을 주장하는 것, 새로운 상징을 세우는 것이 그의 꿈이었다. 그러나 그것은 그의 힘에 닿지 않는 일이었고, 그의 의무도 아니었다.

그는 과거 속에 너무 포근히 잠겨 있었고, 이집트와 인도와 미트라스(아리안계의 태양신)의 아프락사스에 관해서 너무 많이 알고 있었다. 그의 사랑은 세상에 이미 존재했던 상징들에 묶여 있었다. 그러면서도 그의 내면은, 새로운 것은 오랜 것들과는 달라야 한다는 것을 알고 있었으며, 그것이 새로운 땅에서 솟아 나와야 하고, 박물관이나 도서관에서 끄집어내선 안 된다는 것을 누구보다 잘 알았다.

그의 임무는 어쩌면 나에게 한 것처럼 사람들을 그들 자신의 길로 가도록 이끌어주는 것일지 몰랐다. 어쨌든 인간에게 미지의 것을, 새로운 신을 주는 것은 그의 임무가 아니었다.

갑자기 날카로운 불길 같은 깨달음이 내 몸에 타올랐다. 누구에게나 임무가 있지만 아무도 그것을 선택하거나 바꾸거나 마음대로 할 수는 없다는 것이었다. 새로운 신을 원하는 것은 잘못이었다. 세계에 무엇을 주려는 것은 완전한 잘못이었다! 각성한 인간에게 주어진 임무는 오직 하나, 자기 자신을 찾고 각오를 단단히 한 다음 자신의 길을 더듬어 전진하는 것, 그것이 어디로 가는 길이든 그대로 나아가는 것밖에 없었다!

나의 마음은 아주 깊은 곳에서부터 흔들렸다. 이번 일이 나에게 준 결실이었다. 나는 종종 미래의 모습을 그리며 놀았다. 시인이나 예언자, 화가, 또는 다른 무엇이 되어 있는 나의 모습을 공상했다.

그러나 이제 보니 그 모든 것은 얼마나 보잘것없던지! 나는 시를 쓰거나 설교하거나 그림을 그리기 위해 존재하는 것이 아니다. 어느 누구도 그런 것을 위해 태어나지 않는다. 그런 것들은 모두 부수적인 것일 뿐이고, 누구에게나 진정한 천직은 오직 하나, 자기 자신에 도달하는 것뿐이다. 물론 시인, 광인, 예언자 또는 범죄자로 끝나는 사람도 얼마든지 있지만, 사실 그런 것은 본인과 상관없는, 아무래도 마찬가지인 것일 뿐이다.

인간의 임무는 자기만의 독자적인 운명을 발견하고, 그것을 자기의 내면에서 완전히, 그리고 철저하게 살아가는 것이다. 그 밖의 일은 모두 어중간한 일이고, 도피하는 것이며, 대다수의 사람들의 이상으로 퇴보하여, 그 퇴보에 적응하고 자기의 내면을 두려워하며 사는 것이다. 새로운 영상이 무시무시하면서도 성스럽게 내 앞에 떠올랐다. 지금까지 이미 몇 백 번은 예감했고, 자주 말하기도 했지만 실지로 체험한 것은 처음이었다.

나는 자연이 던진 주사위 같은 것으로, 이 주사위는 아무 숫자도 없이 끝날 수도 있고 어쩌면 새로운 숫자가 나타날지도 모른다. 어쨌든 던져진 이상 나는 깊고 깊은 내면에서 그 힘을 떨치게 하고, 그 의지를 느끼며 그것을 완전히 내 것으로 하는 것, 그것만이 나의 천직인 것이다. 오직 그것만이!

고독이라면 실컷 맛보았다고 생각했는데, 세상에는 훨씬 더 깊은 고독이 있다는 것, 그리고 그것으로부터 도피할 수 없다는 예감이 들었다.

나는 피스토리우스와 화해하려고 애쓰지는 않았다. 우리는 여전히 친구로 지냈지만 관계는 달라져 있었다. 그때 일을 먼저 꺼낸 것도 그였다. 그는 이렇게 말했다.

"내가 목사가 되려고 했던 건 너도 알지? 나는 우리가 그처럼 많은 예감을 갖고 있는 새로운 종교의 목사가 되고 싶었어. 하지만 절대로 그렇게 될 수 없다는 것은 나도 알아. 시인하지 않았을 뿐이지 벌써 오래전부터 알고 있었던 일이었지.

나는 틀림없이 다른 방법으로 목사의 의무를 하게 될 거야. 오르간을 연주하거나 뭐든 다른 방법이 있겠지. 하지만 나는 아름답고 성스러운 것들에 둘러싸여 있어야만 해. 오르간 음악이라든가 신비로운 어떤 것, 상징이나 신화 같은 것들 말이야.

나한테는 늘 그런 것이 필요해. 나는 그런 것들을 버릴 수가 없어. 그게 내 약점이야. 싱클레어, 나도 그런 욕망이 사치이고 연약한 마음의 증거라는 것은 알아. 내가 거침없이 운명에 몸을 맡길 수만 있다면 얼마나 위대할 것인지, 그게 옳다고 생각하지만 그럴 수가 없으니까 말이야. 그게 바로 내가 할 수 없었던 단 한 가지 일이야.

어쩌면 너는 언젠가 그렇게 할 수 있을 거야. 하지만 그건 어려운 일이야. 이 세상에서 가장 어려운 단 하나의 일이니까. 나도 전에는 자주 그런 꿈을 꾸었지. 하지만 너무 무서웠어. 완전히 벌거벗은 채 철저히 고독해지는 일이 나에게는 불가능했어. 나 역시 힘없고 약한 피조물일 뿐이라, 따스한 느낌과 먹을 것이 필요했고, 아주 가끔이라도 친구가 가까이에 있다는 것을 느끼고 싶었어. 자기의 운명 말고는 정말 아무것도 필요 없는 사람이라면 이미 친구라는 건 있을 수가 없고, 싸늘한 우주 공간 속에 완전히 혼자 있게 되는 거야.

겟세마네 동산에서 예수가 그랬지. 기꺼이 십자가에 못 박힌 순교자는 얼마든지 있었어. 하지만 그들도 영웅은 아니었어. 완전히 자유롭지 못했으니까. 그들은 자기가 사랑하는 것을 떼어내지 못했고 여전히 모범과 이상을 가지고 있었거든. 자신의 운명만을 따르는 사람에게는 이미 모범도 이상도 없고, 사랑도 위로도 아무 필요 없지.

이 길을 우리는 가야만 해. 너나 나 같은 인간은 무척 고독하긴 해도 아직은 서로가 있어. 그리고 남과 다르다는 것, 세상에 저항하며 비범한 것을 욕망한다는 것에 은밀한 만족감을 느끼지.

하지만 그 길을 철저히 끝까지 가려면 그런 것도 버려야 해. 혁명가가 되겠다느니, 모범을 보이겠다느니, 순교자가 되겠다느니 따위의 생각도 버려야 해. 물론 생각한다고 될 일은 아니지만."

정말 그것은 감히 생각조차 할 수 없는 일이었다. 그러면서도 나는 그것을 꿈꾸고 예감하고 어렴풋이나마 느끼고 있었다. 아주 고요한 시간에 두세 번, 희미하게 그것을 느낀 적이 있었다. 그러면 나는 나의 내부에서 빛나는 눈, 내 운명의 모습을 들여다보았다. 지그시 뜬 채 움직이지 않는 눈은 때론 지혜로 때론 광기로 넘쳐흘렀으며, 사랑으로 반짝일 때도 있었고, 깊은 악의로 번

득일 때도 있었다. 어쨌든 그 어떤 것도 선택할 수 없고 바랄 수 없다는 점에서는 마찬가지였다. 다만 자기 자신을, 자기의 운명만을 소망해야 했다. 피스토리우스는 거기까지 나를 이끌어주는 역할을 맡았던 것이었다.

그 무렵, 나는 눈먼 사람처럼 이리저리 헤매고 다녔다. 마음속에서 폭풍우가 울부짖었고, 한 걸음 한 걸음 위험하기 짝이 없었다. 내 눈앞에는 심연 같은 어둠만 있었다. 이제까지의 모든 길이 그 깊은 어둠 속으로 흘러들어 가라앉았다. 그리고 나의 내면에는 데미안을 닮은, 그 눈에 나의 운명을 담고 있는 인도자의 모습이 늘 어려 있었다.

나는 종이에 이렇게 썼다.

인도자가 떠났다.
나는 한 발짝도 내딛을 수 없는
완전한 어둠 속에 혼자 서 있다.
제발 도와줘!

나는 이 종이를 데미안에게 보내려다 그만두었다. 그러려고 할 때마다 번번이, 어리석고 무의미한 짓이라는 생각이 들었기 때문이다. 그러나 나는 이 짧은 기도의 말을 외워서 가끔 나의 내면에 들려주었다. 이 짧은 기도는 언제나 나를 따라다녔다. 나는 이제 어렴풋이나마 기도가 무엇인지 알게 된 것이다.

나의 고등학교 시절이 끝났다. 아버지의 뜻대로 나는 방학 동안 여행을 다녀온 다음 대학에 가기로 했다. 무엇을 전공할지는 아직 미정이었지만, 한 학기 동안 철학을 공부해도 좋다는 허락은 받아 놓았다. 사실 나는 다른 과목이었더라도 만족했을 것이다.

7.
에바 부인

방학 동안에 한 번, 막스 데미안이 어머니와 살던 집에 가보았다. 마침 뜰을 거닐고 있던 노부인에게 데미안에 대해서 물었더니, 그들을 잘 알지만 지금 어디에 사는지는 모른다고 했다. 노부인은 나를 집으로 데리고 들어가더니 가죽 앨범을 들고 나와 데미안의 어머니 사진을 보여주었다.

그 조그만 사진을 본 순간 내 심장의 고동이 멎었다. 꿈속에서 본 바로 그 모습이었던 것이다! 키 큰 남자 같은 모습을 한 여자, 아들과 비슷한 얼굴에는 어머니다운 표정과 엄격하면서도 정열적인 표정이 담겨 있었고, 유혹적인 아름다움과 가까이 하기 어려운 아름다움을 동시에 지닌, 수호신이자 어머니이며, 운명인 동시에 연인인 바로 그 여자였다.

내 꿈의 모습이 세상에 진짜로 존재한다는 것을 알았을 때, 기적 같은 느낌이 나의 온몸을 꿰뚫고 지나갔다. 그런 얼굴을 가진 여자가, 내 운명의 모습을 지닌 여자가 이 세상에 정말로 살고 있는 것이다! 어디에? 게다가 그녀가 데미안의 어머니라니!

며칠 뒤에 나는 여행을 떠났다. 참 기묘한 여행이었다! 그녀를 찾아 영감이 떠오르는 대로 나는 쫓기는 사람처럼 이 도시에서 저 도시로 돌아다녔다.

만나는 사람마다 그녀를 연상시키는 날도 있었다. 그런 날에는 마주치는 여자들마다 다 그녀 같아서 나는 뒤엉킨 꿈속에서처럼 낯선 도시의 골목으로, 역으로, 기차 속으로 끌려들어갔다.

어떤 날은 아무리 찾아도 소용없다고 느껴지는 날도 있었다. 그런 날에는 공원이나 호텔 정원, 아니면 대합실에 앉아서 나의 내면을 들여다보며 그 모습을 생생하게 되살려보려고 노력했다.

그러나 이제 그 모습은 왠지 수줍어하며 사라져버리는 것이다. 나는 잠을 잘 수가 없었다. 기차 속에서 낯선 풍경 속을 달리는 동안 15분가량 될까 말까 깜빡 잠드는 게 전부였다. 한 번은 취리히에서 어떤 여자가 나를 따라왔다. 예쁘기는 했지만 뻔뻔했다. 나는 그 여자가 공기인 것처럼 무시하고 성큼성큼 걸었다. 다른 여자에게 단 한 순간이라도 흥미를 가질 바에는 죽어버리는 게 나았다.

나는 내 운명이 나를 잡아당기는 것을 느꼈고, 그 실현이 가깝다는 것도 느꼈다. 하지만 언제인지 모를 그날을 그저 기다릴 수밖에 없는 것이 안타까워서 미칠 지경이었다. 어느 역에서, 아마 인스부르크에서였던 것 같은데, 막 떠난 기차의 유리창 너머로 그녀처럼 보이는 모습을 보고 며칠 동안이나 속을 태웠다. 그러더니 갑자기 그 모습이 꿈속에 다시 나타났다. 그 꿈에서 깨어났을 때 나는 창피한 느낌과 함께 아무리 찾아다녀도 소용없다는 생각이 들었다. 그래서 나는 그 길로 집으로 돌아오고 말았다.

2, 3주 뒤에 나는 H대학에 등록을 했다. 모든 것이 나를 실망시켰다. 철학사 강의도 대학생들의 행동이나 마찬가지로 본질은 없었고 상투적이었다. 판에 박은 것처럼 누구나 똑같이 행동했다. 명랑하게 들떠 있는 앳된 얼굴들도 참 슬프고 공허한 것이 기성품처럼 보였다.

하지만 나는 자유로웠다. 온종일 나는 혼자 지냈다. 변두리에 있는 낡은 하숙집에서 조용하고 쾌적하게 살았고, 책상 위에는 니체의 책이 몇 권 놓여 있었다. 나는 그와 함께 살았다. 그의 영혼의 고독을 느꼈고, 그를 가차 없이 몰아세웠던 운명을 함께 괴로워했다. 그토록 차갑고 혹독하게 자기의 길을 걸었던 사람이 있었다는 무한한 행복을 느꼈다.

어느 날 저녁 늦게, 가볍게 흔들리는 가을바람을 맞으며 시내를 걷고 있었다. 술집에서 클럽 학생들의 노랫소리가 흘러나왔다. 활짝 열린 창으로 담배연기가 구름처럼 피어오르고 그 몽롱한 연기 속에 울려 퍼지는 노랫소리는 크고 요란하기만 했지 왠지 경쾌하지도, 흥겹지도 않았으며 단조로웠다.

나는 길모퉁이에 서서 귀를 기울였다. 두 군데 술집에서 똑같이 판에 박은 듯 쾌활한 젊은이들의 목소리가 밤공기 속으로 울려 퍼지고 있었다. 어디를 가도 운명의 짐을 내려놓고 군중 속으로 도피한 사람들이 하나같이 떠들썩하게 서로 몸을 비비며 온기를 유지하려고 애쓰고 있었다. 내 뒤에서 두 남자가 천천히 걸어오며 주고받는 말소리가 들렸다.

"이거야 원, 흑인 마을의 젊은이들 집 같지 않습니까?"라고 한 명이 말했다.

"모든 점에서 똑같습니다. 문신까지 유행이랍니다. 이것이 젊은 유럽이지요."

뭔가 경고하는 것 같은 그 목소리는 어디서 들은 듯했고, 분명히 내가 아는 목소리였다. 나는 어두운 골목길을, 두 사람을 따라갔다. 한 사람은 자그마한 체구에 세련되게 차려입은 동양인이었다. 가로등 밑에서 미소 짓는 노란 얼굴이 보였다. 또 한 사람이 말을 이었다.

"아마 당신네 나라에서도 그럴 겁니다. 군중을 따라가지 않는 사람은 어디서나 드무니까요. 이곳에도 그런 사람이 없는 건 아니지만."

그의 말 한마디 한마디가 기쁨으로, 놀라움으로 내 마음속에 스며들었다. 나는 그 사람이 누군지 알았다. 데미안이었다!

바람 부는 어둠 속에서 나는 두 사람을 따라 골목골목을 빠져나갔다. 나는 그들의 대화에 귀를 기울이며 데미안의 목소리를 즐겼다. 그 목소리는 옛날 그대로의 어조, 옛날 그대로의 자신감과 침착함, 그리고 여전히 나를 사로잡는 힘이 있었다. 이제 됐어. 나는 데미안을 찾아낸 것이다.

어느 막다른 골목 끝집에서 동양인은 작별인사를 하고 안으로 들어갔다. 데미안은 돌아서 걸어왔다. 나는 길 한복판에 서서 그를 기다렸다. 나를 향해 다가오는 그를 보면서 심장이 두근거렸다. 갈색 레인코트에 가느다란 지팡이를 팔에 건 채 가슴을 쫙 펴고 탄력 있는 걸음걸이로 바로 내 앞까지 오더니 모자를 벗고 힘차게 다문 입, 독특한 밝음이 서려 있는 넓은 이마를 드러냈다.

"데미안!" 나는 커다랗게 외쳤다.

"너였구나, 싱클레어! 기다리고 있었어."

그가 손을 내밀었다.

"내가 여기 있다는 걸 알고 있었어?"

"그렇진 않아. 하지만 그러기를 바랐던 것만은 확실해. 줄곧 우리 뒤를 따라오는 사람이 너였으면 했지."

"나를 금방 알아봤어?"

"물론이지. 아무리 달라졌어도 표지가 있으니까."

"표지라고? 무슨 표지?"

"카인의 표지라고 불렀던 거 말이야. 기억하지? 그건 우리의 표지였어. 너한테는 그게 있었어. 그래서 내가 너와 친구가 된 거야. 이제는 훨씬 더 뚜렷해졌군."

"난 몰랐어. 아니, 어쩌면 알고 있었는지도 몰라. 언젠가 네 초상을 그렸는데 그게 나하고도 닮아서 깜짝 놀랐어. 그게 표지였을까?"

"맞아. 정말 잘 왔어! 어머니도 기뻐하실 거야."

나는 깜짝 놀랐다.

"어머니? 여기 계셔? 나를 전혀 모르실 텐데!"

"잘 아셔. 너라고 말하지 않아도 어머니는 널 알아보실 거야. 그나저나 참 오랫동안 편지를 안 하더라?"

"그게 잘 안 되더라고. 얼마 전부터는 곧 만나게 될 것 같은 느낌이 들어서 매일 그날만 기다리고 있었지."

우리는 팔짱을 끼고 걷기 시작했다. 고요한 마음이 그에게서 나에게로 스며들었다. 우리는 전처럼 떠들기 시작했다. 학교 다닐 때 일과 견진성사 준비 수업, 그리고 그 서먹했던 방학 동안의 짧은 만남까지 추억을 더듬으며 이야기꽃을 피웠다. 그러나 우리의 가장 오래된, 가장 밀접한 유대가 되었던 프란츠 크로머 사건에 대해서는 이번에도 이야기하지 않았다.

어느새 우리의 대화는 예감으로 가득 찬 화제로 넘어갔다. 데미안은 아까 그 동양인과 나누던 이야기를 계속하는 것처럼 대학생활에 대해 말하다가 다시 그것과는 좀 동떨어진 다른 화제로 옮겨갔다. 하지만 아무리 생뚱맞은 것들도 데미안이 말하면 서로 긴밀하게 연결되기 마련이었다.

그는 유럽의 정신과 이 시대의 특징에 대해서 이렇게 말했다. 세계 곳곳에 온갖 연합과 군중화의 경향이 지배적이고 자유와 사랑은 찾아볼 수 없다. 학생 클럽이니 합창단이니 하는 것부터 국가에 이르기까지 모든 집단은 강요된 것이고, 불안과 공포와 곤혹에서 생겨난 공동체이며, 그 내부는 썩고 낡아빠져서 무너지기 직전이다.

데미안은 말을 이었다.

"집단이란 아주 멋진 거야. 하지만 지금 곳곳에 번창하고 있는 집단은 집단이 아니야. 서로 아는 사람들끼리 모여서 집단을 만들고 그걸로 얼마쯤은 세계를 개혁할 수도 있겠지. 하지만 그것은 군중의 모임일 뿐이야. 서로 두렵기 때문에 모여들고 기대는 거지. 상류계급은 상류계급끼리, 노동자는 노동자끼리, 학자는 학자끼리. 그들은 왜, 무엇이 두려운 걸까?

자신과 일치할 수 없을 때 인간은 두려움을 갖게 돼. 그들은 한 번도 자신을 성찰해 본 일이 없기 때문에 두려움을 느끼는 거야. 자기 내부에 있는 미지의 것을 두려워하는 사람들이 모인 단체인 셈이지. 그들도 자기들의 생활 법칙이 이치에 맞지 않는다는 것, 그리고 자기들의 가치 기준이 낡아빠졌다는 것을 느끼고 있어. 그들의 종교도, 윤리도 진정한 자신의 필요에는 전혀 합당하지 않은 거야.

백 년 이상을 유럽은 단지 연구만 했고 공장만 세웠어! 한 사람을 죽이는 데 몇 그램의 탄약이 필요한지는 정확히 알지만 신에게 어떻게 기도해야 하는지는 몰라. 어떻게 하면 단 한 시간만이라도 행복할 수 있는지 몰라. 저런 학생들이 드나드는 술집을 좀 봐! 부자들이 드나드는 오락장은 또 어떻고, 절망적이야! 싱클레어, 이런 것에서는 위대한 것이 나오겠니?

이처럼 두려움에 넘쳐서 같이 어울리는 사람들은 공포와 악의로 그득해서, 아무도 다른 사람을 믿지 않아. 그들은 이미 이상이 아닌 이상에 매달려서 새로운 이상을 세우려는 자에게 돌팔매질을 하고 있어. 투쟁이 일어날 거야, 틀림없이. 그것도 곧!

물론 그것으로 세계가 개선되지는 않을 거야. 노동자가 공장주를 죽이거나 러시아와 독일이 서로 총질을 하거나 지배자가 바뀌거나 하는 것뿐이니까. 그래도 헛일은 아닐 거야. 그것은 오늘날의 이상이 얼마나 잘못된 것인지 분명하게 증명해 보일 것이고, 석기시대의 수많은 신들을 깨끗이 청소할 거야. 지금 이 세계는 멸망을 향해 달려가고 있어. 그리고 실제로 멸망할 거야."

"그럼 우리는 어떻게 되는 거야?" 내가 물었다.

"우리? 함께 멸망할지도 모르지. 우리 같은 사람들은 돌에 맞아죽을 수도 있고. 그렇다고 해도 우리는 그렇게 쉽게 멸망하지 않아. 우리가 남긴 것, 또는 살아남는 우리들 주위로 미래의 의지가 모일 거야. 우리의 유럽이 기술과 과학이라는 시장으로 억눌렀던 인류의 의지가 다시 나타날 거야. 그렇게 되면 인류의 의지가 오늘날의 공동체나 국가, 국민, 또는 온갖 연합과 교회의 의지와는 전혀 다르다는 것이 판명되겠지.

자연이 인간에게 원하는 것은 개개인 속에, 그리고 너와 나의 마음속에 각인되어 있어. 그것은 예수 안에도 니체 안에도 살아 있던 그대로야. 그 흐름만이 우리에게 중요한 거야. 그건 매일 다른 형태로 모습을 바꿀지도 모르지만, 어쨌든 오늘날의 집단이 다 무너지고 나면 그 흐름에도 활동할 여지가 생기겠지."

밤 늦게 우리는 강기슭의 어느 집 정원 앞에 닿았다.

"우리 집이야. 며칠 내로 우리 집에 놀러와! 어머니와 기다릴 테니." 데미안이 말했다.

기쁜 마음으로 나는 집을 향해 서늘해진 밤거리를 걸었다. 여기저기서 대학생들이 비틀거리며 왁자지껄하게 떠들고 있었다. 전에는 어이없을 정도로 유쾌한 그들의 태도와 나의 고독한 생활 사이에 대립을 느꼈었다.

그것은 나 자신이 뭔가 결핍된 인간인 것처럼 느끼게 하기도 했고, 그들을 비웃게도 했다. 그러나 오늘, 고요한 신비의 힘으로 가득 채워진 나는 그 모든 것이 나와 얼마나 상관없는 일인지, 이 세계가 나에게는 얼마나 멀리 떨어진 세계인지 분명히 느꼈다.

나는 고향의 노신사들을 생각했다. 그들은 술집에서 보낸 대학 시절의 추억에 행복한 낙원의 추억처럼 그리워하곤 했었다. 지금은 사라져 버린 대학생 시절의 자유와 행복을 그리워하는 꼴이란 마치 시인이나 낭만주의자들이 그들의 유년기를 찬미하는 것과 다를 게 없었다.

결국 어디나 마찬가지였다! 어디서나 그들은 자유와 행복을, 지난 자취에서 찾는다. 행여 자신의 의무를 일깨울까, 자신의 길로 가라는 충고를 받게 될까 두려워서. 몇 년 동안은 열심히 마시고 떠들고 즐기다가, 나중에는 납작 엎드린 채 성실한 직장인이 되는 것이다.

세상은 썩었다. 그런 무수한 어리석음에 비하면 대학생들이 하는 짓들은 그렇게 지독하게 어리석은 것도 아니었다. 그러나 내가 하숙집에 돌아와서 침대 속으로 들어갔을 때에는 그런 생각은 싹 없어졌다.

그 날이 나에게 준 위대한 약속에 온 마음이 쏠려 있었던 것이다. 내일이라도 당장 데미안의 어머니를 만날 수 있다. 학생들이 술집에서 살든, 얼굴에 문신을 새기든, 세계가 썩었든, 멸망하든, 나하고 무슨 상관인가! 내 운명이 새로운 모습으로 내 앞에 나타나려 하고 있었다.

나는 아침 늦게까지 푹 잤다. 그날은 나에게 새로운 축일이었다. 소년 시절의 크리스마스 이후로 처음 느끼는 엄숙하고도 들뜬 느낌! 불안하지는 않았다. 무척 중요한 하루가 시작된 것을 느꼈고, 내 주위의 세계가 기대에 찬, 장엄하고 깊은 의미를 가진 것으로 변모해 있는 것을 보고 또 느꼈다. 소리 없이 내리는 가을비조차 축제일답게 아름답고 장엄하고 활기찬 음악으로 가득 차 있었다. 처음으로 외부 세계가 나의 내부 세계와 일치하고 있었다. 그것이야말로 영혼의 축일이다.

인생은 살 만한 가치가 있는 것이다. 어떤 집도, 어떤 진열장도, 길거리에서 마주치는 어떤 얼굴도 나를 방해하지 않았다. 모든 것은 어제 그대로였지만, 따분하고 지루한 표정이 아니라 뭔가를 기다리며, 놀라운 운명을 맞아들일 준비가 되어 있는 표정이었다.

어린 시절 크리스마스 같은 축제일 아침의 세계가 바로 이랬다. 이 세계가 이렇게 아름답다는 것을 까맣게 잊고 살았다. 자신의 내부를 향해 사는 데에 익숙해진 나머지, 저 바깥세상에 대한 감각을 상실했다고 믿었고, 그처럼 찬란한 빛의 상실은 유년기의 단절로 인한 어쩔 수 없는 것이라 느꼈으며, 자유롭고 남자다운 영혼을 위해서는 이 소중한 빛을 어느 정도 단념해야 한다고 생각하고 있었다.

그런데 이제 나는 그 모든 것이 다만 흩어지고 가려져 있었을 뿐, 자유로운 사람, 유년기의 행복을 단념하고 홀로 가는 사람도 세계가 빛나는 것을 볼 수 있고, 어린 시절의 그 순수하고 본질적인 내적 전율을 느낄 수 있다는 것을 깨닫고 너무나도 황홀한 기분이 되었다.

전날 밤 막스 데미안과 헤어졌던 그 정원을 다시 찾았다. 비에 젖어 잿빛으로 보이는 높은 나무 뒤에 밝고 쾌적한 느낌의 작은 집이 살짝 숨어 있었다. 커다란 유리문 너머로 꽃나무들이 보였고, 투명한 유리창 너머로 어두운 벽에 걸린 그림과 책이 즐비하게 꽂혀 있는 책장이 보였다.

현관을 지나 난방이 잘 된 조그만 거실로 들어서자 검은 옷에 흰 앞치마를 두른 말없는 늙은 하녀가 내 외투를 벗겨주었다.

하녀가 안으로 들어간 뒤 혼자 남아 거실을 둘러보던 나는 곧바로 내 꿈의 한가운데로 들어갔다. 문 위에 걸린 검은 나무로 된 액자 속에 낯익은 그림이 들어 있었다. 지구의 껍질을 깨고 날아오르려 하는 나의 황금빛 새매 그림이었다.

나는 벅찬 느낌으로 그대로 우두커니 서 있었다. 그동안 내가 겪고 행동한 모든 것이 대답과 실현으로 나에게 돌아오는 것 같았다.

번개처럼 빠르게 무수한 영상들이 내 영혼을 스쳐지나갔다. 대문 아치 위에 낡은 문장이 붙어 있던 내 고향집, 그 문장을 스케치하던 소년 데미안, 크로머의 올가미에 걸린 채 공포를 앓던 소년 싱클레어, 기숙사의 조그만 방에서 홀로 동경의 새를 그리며 스스로 짠 그물에 넋이 사로잡혀 있던 청년 시절의 나, 그리고 지금 이 순간까지의 모든 것이 내 속에서 다시 울려왔고 긍정되었으며 대답을 얻었고 인정받았다.

눈물을 글썽이면서 나는 내 그림을 바라보며 내 마음을 읽었다. 그때였다. 내 시선이 저절로 내려갔다. 새 그림 밑에서 문이 열리고 검은 옷을 입은 키 큰 여자가 서 있었다. 바로 그녀였다.

나는 한 마디도 말할 수 없었다. 아들과 닮은, 시간도 나이도 없는, 그 아름답고 기품 있는 여자는 굳은 의지가 넘치는 얼굴에 다정한 미소를 지었다. 그녀의 시선은 실현이었고, 그녀의 인사는 내 영혼의 귀향이었다. 나는 말없이 두 손을 내밀었고, 그녀는 그 따스한 손으로 내 두 손을 굳게 잡았다.

"싱클레어지! 금방 알아 봤어. 어서 와!"

낮고 따스한 목소리였다. 나는 달콤한 포도주처럼 그 목소리를 마셨다. 나는 눈을 들어 그녀의 조용한 얼굴, 신비로 가득 찬 검은 눈, 신선하고 성숙한 입, 표지를 지닌 넓고 시원한, 왕후 같은 이마를 보았다.

"얼마나 기쁜지 모르겠어요. 어쩐지 이제까지 줄곧 떠돌아다니다가 지금 고향에 돌아온 것 같은 느낌이 들어요."

나는 그녀에게 말하고 그 손에 입을 맞추었다.

그녀는 어머니 같은 미소를 지으며 다정하게 말했다.

"아무도 고향으로 돌아갈 수는 없어. 하지만 비슷한 사람들이 있는 길이 서로 마주치면 한동안은 온 세상이 고향처럼 보이기도 하지."

그것은 내가 그녀에게 오는 동안 느꼈던 것이었다. 목소리와 말씨까지 아들과 꼭 닮았지만 그러면서도 전혀 달랐다. 모든 것이 더욱 원숙했고 따뜻했고 분명했다. 예전에 막스가 소년다운 인상을 주지 않았던 것처럼 그의 어머니도 전혀 다 자란 아들을 둔 어머니처럼 보이지 않았다. 얼굴과 머리카락은 젊고 달콤한 느낌이었고, 금빛 피부는 주름살 하나 없이 매끄러웠으며, 입매에는 생동감이 감돌았다. 꿈속에서보다도 더 당당한 모습으로 그녀는 내 앞에 서 있었고, 그녀의 곁에 있는 것만으로 나는 행복했으며, 그녀의 눈길만으로 나의 꿈은 이미 실현된 것이었다.

이것이 바로 내 운명이 보여준 새로운 모습이었다. 부질없이 엄격하지도, 나를 고독으로 몰아세우지도 않는, 성숙하고 쾌락에 넘친 것이었다. 나는 새삼 결심할 이유도, 맹세할 필요도 없었다. 나는 목적지에 닿은 것이다.

그 길 꼭대기에서 다시 길은 먼 곳으로 당당하게 이어져 있었다. 약속의 나라로 가는 그 길은 행복의 나뭇가지로 덮이고 모든 기쁨의 꽃나무들이 우거져 시원하게 그늘져 보였다. 이제 어떻게 되든 상관없었다.

나는 그녀가 이 세상에 존재한다는 것을 아는 것만으로 행복했다. 그녀의 목소리를 마시고 그녀 가까이에서 숨 쉬는 것만으로 충분했다. 어머니로든 애인으로든 여신으로든, 그녀가 있어주기만 하면 됐다! 내 길이 그녀의 길에 가까워지는 것으로 충분했던 것이다.

내가 그린 새매를 가리키며 그녀가 말했다.

"이 그림을 받았을 때만큼 막스가 기뻐한 적은 없었어. 나도 그랬고. 우린 널 기다렸어. 이 그림이 왔을 때 우리는 네가 우리에게로 오고 있다는 것을 알았지. 싱클레어, 아주 오래 전에, 막스가 학교에서 돌아와서 이마에 표지가 있는 아이가 있다면서, 그 아이랑 친구가 될 거라고 말했어. 그게 바로 너였지. 너도 힘든 길을 걸었만 너라면 염려 없다고 믿었어. 방학 때 막스랑 만난 적 있지? 아마 열여섯 살쯤이었을 걸, 막스가……"

나는 그녀의 말을 막았다.

"막스가 그런 말까지 했어요? 그때는 정말 비참한 시절이었어요."

"알아. 막스가 그러더군. 지금 싱클레어는 어려운 난관에 부딪쳐 있다. 친구들 속으로 도망치려고 술집에서 살다시피 하지만 그렇게는 안 될 거다. 표지가 지금은 숨어 있지만 내면에서 그를 불태우고 있으니까. 맞지?"

"네, 바로 그랬어요. 그때 저는 베아트리체를 발견했어요. 그리고 그 다음엔 피스토리우스라는 안내자를 발견했어요. 그 무렵에야 겨우, 왜 나의 어린 시절이 막스와 그토록 깊이 결합되어 있는지, 왜 내가 그에게서 놓여날 수 없는지 알게 됐고요. 부인…… 어머니, 그때 저는 수없이 자살하겠다고 생각했어요. 자신의 길을 가는 것은 누구에게나 이렇게 어려운가요?"

그녀는 공기처럼 가볍게 내 머리카락을 쓰다듬었다.

"태어나는 것 자체가 괴로운 일이야. 새가 알을 깨고 나오려면 얼마나 힘든지 알아? 돌이켜 생각해봐! 정말 그렇게도 괴로웠나! 그저 힘들고 괴롭기만 했던가? 멋지고 아름다웠던 때도 있지 않았나? 그보다 더 근사하고 쉬운 길이 과연 있을까?"

나는 고개를 저었다. 나는 꿈속에서처럼 말했다.

"그땐 정말 힘들었어요. 그 꿈을 꿀 때까지는요."

그녀는 고개를 끄덕이고 나를 뚫어지게 바라보았다.

"그래, 인간은 자기의 꿈을 찾아야 해. 그러면 세계는 가벼워지지. 그러나 끝없이 계속되는 꿈은 없어. 새로운 꿈이 대신하게 마련이고 어떤 꿈도 붙들어두려고 해서는 안 돼."

나는 깜짝 놀랐다. 벌써 나에게 경고하는 건가? 아니면 방어인가? 아무래도 좋았다. 목적지가 어디든 나는 기꺼이 그녀가 이끄는 대로 따라갈 작정이었으니까.

"제 꿈이 얼마나 계속될지는 모르지만 이대로 영원했으면 좋겠어요. 저 새 그림 밑에서 운명은 어머니처럼 애인처럼 저를 받아들였어요. 그 운명에 저는 영원히 속해 있습니다."

"그 꿈이 운명일 동안은 꿈에 충실해야만 하지."

그녀가 진지하게 말했다.

어떤 슬픈 느낌이 나를 덮쳐와, 마법에 걸린 것만 같은 이 매혹적인 순간에 죽어버리고 싶다는 갈망이 나를 사로잡았다. 눈물이 걷잡을 수 없이 솟구쳤다. 얼마나 오랫동안 울지 못했던가! 나는 급히 몸을 돌려 창가로 갔다. 눈물로 흐려진 눈으로 화분 너머 밖을 내다보는데, 뒤에서 그녀의 목소리가 들렸다. 차분하면서도 찰찰 넘치는 술잔처럼 정감어린 목소리였다.

"어린애같이, 싱클레어, 네 운명은 당연히 널 사랑해. 네가 운명에 충실하기만 하면, 언젠가는 네가 꿈꾸는 대로 완전한 네 것이 될 거야."

나는 마음을 가라앉히고 그녀에게로 돌아섰다. 그녀가 나에게 손을 내밀고 미소를 지으면서 말했다.

"친구가 몇 명 있어. 무척 친한, 정말 얼마 안 되는 친구들이지. 그들은 나를 에바 부인이라고 불러. 너도 그렇게 해."

그녀는 나를 문 앞으로 데리고 가더니 문을 열고 정원을 가리키며 말했다.

"막스는 저기 있어."

키 큰 나무 밑에서 가슴을 두근거리며 나는 한동안 멍하니 서 있었다. 보통 때보다 더 깨어 있는 것인지 아니면 더 꿈꾸는 상태인지 알 수가 없었다. 나뭇가지에서 빗방울이 톡톡 떨어졌다.

나는 강기슭을 따라 뻗어 있는 정원 속으로 천천히 걸어 들어갔다. 저만큼 앞쪽에 웃통을 벗고 정자 안에 서 있는 데미안의 모습이 보였다. 그는 천장에 매달린 샌드백을 두드리며 복싱 연습을 하고 있었다.

나는 깜짝 놀라 그 자리에 섰다. 데미안은 멋진 몸매를 갖고 있었다. 넓은 가슴, 단단하고 남성적인 머리, 억세고 늠름한 팔을 휘두르면 근육이 불끈 솟아올랐다. 허리, 어깨, 손목의 움직임은 퐁퐁 솟아오르는 샘물처럼 유연하고 리드미컬했다.

"데미안! 거기서 뭐해?"

내가 큰소리로 부르자 그는 쾌활하게 웃었다.

"연습중이야. 그 작은 동양인과 한판 붙기로 했거든. 그 녀석은 고양이처럼 재빠르고 빈틈이 없어. 하지만 이번에는 나한테 못 이길 거야. 전에 좀 굴욕을 당해서 꼭 갚아줘야 하거든."

그는 셔츠와 바지를 입으면서 물었다.

"어머니는 만났어?"

"응, 데미안. 정말 멋진 분이야. 에바 부인! 이름도 너무 잘 어울려. 모든 것의 어머니 같잖아."

그는 잠시 내 얼굴을 유심히 들여다보았다.

"벌써 이름을 알아? 자랑스럽게 생각해야 돼! 만나자마자 어머니가 이름을 말한 건 네가 처음이야."

그날부터 나는 그 집을 아들처럼, 동생처럼, 그리고 애인처럼 드나들었다. 그 집 현관에 들어서서 문을 닫을 때마다, 아니 멀리서 정원의 키 큰 나무가 보일 때마다 나는 이미 풍성해지고 행복해졌다. 밖에는 현실이 있었고 거리와 집, 인간과 제도가 있었으며, 도서관과 강의실이 있었다. 그러나 그 집 안에는 사랑과 영혼이 있었고, 동화와 꿈이 살아 있었다.

그렇다고 우리가 외부세계에 문을 닫아걸고 폐쇄적으로 살았던 것은 아니다. 생각과 대화로는 세계의 한가운데에 살고 있을 때도 많았다. 단지 영역이 달랐다. 우리는 대다수의 인간들과 경계선으로 분리되어 있는 것이 아니라, 사고방식이 다를 뿐이었다. 우리의 임무는 이 세상에 하나의 섬, 어쩌면 하나의 모범, 다른 형태의 삶의 가능성을 보여주는 것이었다. 오랫동안 고독하게 지내온 나는, 완전한 고독을 맛본 사람들 사이에서만 가능한 집단생활이라는 것을 알게 되었다.

나는 이제 행복한 사람의 식탁이나 명랑한 친구들의 축제 따위에는 결코 돌아가지 않을 터였고, 다른 친구들이 한데 모여 어울리는 것을 보아도 선망이나 향수를 전혀 느끼지 않았다. 그렇게 조금씩 나는 표지를 지닌 사람들의 비밀 속으로 들어갔다.

표지를 가진 사람들이 세상 사람들 눈에 이상하게 보이고, 위험한, 또는 미친 사람들로 보이는 것은 당연할지도 모른다. 우리 깨어난 자, 또는 깨어나고 있는 사람들의 노력은 우리의 각성을 완전하게 하는 데 집중되었지만, 반면에 다른 사람들의 노력은 그들의 의견과 이상과 의무와 생활과 행복을 군중의 것으로 획일화하는 데 집중되어 있었던 것이다.

그들에게도 나름의 노력, 나름의 힘, 나름의 위대함은 있었다. 그러나 우리들 표지를 가진 자들이 새롭고 개별적이고 미래지향적인 자연의 의지를 사는 데 반해서, 다른 사람들은 현재를 지키려는 의지 속에 살고 있었다. 그들도 인류를 사랑한다는 점에서는 우리와 같았다. 그러나 그들에게 인류는 이미 완성된 것으로서 유지되고 보호되어야 하는 것이었고, 우리에게 인류는 아주 먼 미래였고, 우리 모두는 그 미래를 향해 가는 길에 서 있었다. 그 모습이 어떨지는 아무도 몰랐다. 어디에도 그런 법칙은 적혀 있지 않았으니까.

우리 집단에는 에바 부인과 막스와 나 말고도 친한 정도의 차이는 있었지만 참으로 다양한 구도자들이 있었다. 특별한 길을 걸어가며 독특한 목표를 세우고 특별한 의견이나 의무를 받드는 사람도 꽤 있었다. 점성술사도 있었고, 카발라의 신자도 있었고, 톨스토이 백작의 숭배자도 있었으며, 신흥 종교의 신자, 인도식 고행자, 채식주의자 등 온갖 종류의 착하고 내성적이며 상처받기 쉬운 사람들이 섞여 있었다. 그런 사람들과는 사실 각자가 타인의 비밀스런 생활의 꿈을 존중한다는 것 말고는 정신적으로 아무런 공통점도 없었다.

신에 대한 인간의 모색과 새로운 세계의 이상상을 과거의 역사 속에서 찾으려는 사람들은 우리와 좀 더 가까웠는데, 그들의 연구는 내 친구 피스토리우스를 연상시켰다. 그들은 책을 가져와 고대어로 된 원전을 번역했으며, 고대의 상징과 의식의 그림을 가리키면서 인류가 여태까지 이상에 대해서 가졌던 전 재산이 무의식적 영혼의 꿈, 인류가 그 속에서 미래의 가능성의 예감을 더듬어 따라가야 하는 꿈에서 생겨난 것임을 우리에게 가르쳐 주었다. 그렇게 해서 우리는 고대 사회의 신들의 세계, 무수한 신들이 실뭉치처럼 얽혀 있던 그 시대를 뚫고 나와 기독교로 전향한 여명기에까지 이르렀다.

우리는 종파를 세우지 않았던 고독한 신앙가들의 교리를 알게 되었고, 민족에서 민족으로의 종교 변천사를 알게 되었다. 그렇게 우리가 수집한 모든 것에서 우리 시대와 현 유럽에 대한 비판이 나왔던 것이다. 유럽은 강력한 인류의 새로운 무기를 창조했으나 결국 정신은 절망적인 황폐 속에 빠져버렸다. 유럽은 전 세계를 가진 대신 자신의 영혼을 잃었기 때문이다.

우리 집단에도 특정한 소망이나 구원론을 믿는 사람들이 있었다. 유럽을 개종시키려는 불교도, 톨스토이 신봉자 등등 다양한 신앙이 있었다. 우리 세 사람은, 그들의 의견을 듣기는 했지만 상징적인 의미로만 받아들였다. 우리 표지를 가진 사람들은 미래가 어떻게 형성될 것인지 근심하지 않았다. 우리에게는 어떤 종파든 구원론이든 이미 죽은 것이고 헛된 것이었다.

우리가 의무 또는 운명이라고 느끼는 것은 단 하나, 우리 각자가 완전히 자기 자신이 되는 것, 자신의 내부에 살고 있는 자연을 올바르게 바라보고 그 의지에 따라 살면서 불확실한 미래가 어떤 것이건 그 모든 것에 준비를 갖추는 것이었다. 현재의 세계가 무너지고 새로운 것이 탄생할 시간이 피부로 느낄 수 있을 만큼 가까이 닥쳐오고 있다는 것을, 말을 하든 안 하든 우리 모두는 마음속으로 뚜렷이 느끼고 있었던 것이다.

데미안은 나에게 이렇게 말했다.

"어떻게 될지 상상도 안 돼. 유럽의 영혼은 아주 오래 쇠사슬에 묶여 있던 짐승 같은 거야. 쇠사슬에서 풀려났을 때 그게 무슨 짓을 할지는 아무도 몰라. 아무튼 보기 좋은 건 아닐 테지. 그러나 똑바로 가든 멀리 돌아서 가든, 그건 우리에게 중요하지 않아. 오랫동안 숨기고 속여 온 영혼의 참된 고뇌가 드러나기만 하면 되는 거야.

그러면 우리가 활약할 날이 오는 거지. 세상이 우리를 필요로 하게 될 테니까. 지도자나 입법자로서가 아니라, 왜냐하면 우리 시대에 새로운 법칙을 보는 건 불가능하니까, 오히려 준비된 자로서, 운명이 부르는 곳으로 달려가 서 있을 각오가 되어 있는 자로서 말이야. 알지, 누구라도 자신의 이상이 위협받으면 믿을 수 없는 힘을 발휘하게 되는 거. 하지만 새로운 이상, 성장을 알리는 새로운 고동, 위태롭고 불안한 고동이 문을 두드리면 모두 도망치게 되지. 그때 그 앞에 버티고 서서 함께 행동할 극소수의 사람이 바로 우리인 거야.

그러기 위해서 우리는 표지를 갖고 있는 거야. 카인이, 공포와 증오로 당시의 인류를 비좁은 낙원에서 위험한 광야로 몰아내기 위해 표지를 가졌던 것처럼. 인류의 역사에서 활약했던 사람들은 모두 운명을 받아들일 준비가 되어 있었기 때문에 그런 능력을 가졌던 것이고 그렇게 활약할 수 있었던 거야.

모세도, 부처도, 나폴레옹도, 비스마르크도 다 마찬가지야. 어떤 물결을 따를 것인지, 또는 어떤 운명의 지배를 받을 것인지는 그가 선택할 수 있는 일이 아니야. 만약 비스마르크가 사회민주당원들의 주장을 받아들여 그들 편에 섰다면 현명하다는 말은 들었을지 몰라도 운명의 사나이는 되지 못했을 거야. 나폴레옹, 시저, 로욜라, 다른 모든 경우도 다 똑같아!

이건 생물학적 문제이고 진화론적 문제야. 지구에 대변동이 일어나서 물고기들은 육지로 몰려나고, 들짐승들은 물속으로 던져졌을 때, 그 새로운 환경에 적응해서 종족을 구하는 전대미문의 일을 이룬 것은 운명을 받아들일 준비가 되었던 개체에 의한 것이었지. 그들이 그들의 사회에서 보수적이고 현상유지적인 성향이었는지 아니면 기인이나 혁명가 성향이었는지는 모르지만 마음의 준비가 되어 있었던 것만은 분명해. 그래서 그들은 종족을 구하고 새로운 발전의 단계로 넘어서게 할 수 있었던 거야. 그런 이유로 우리는 준비를 해야 해."

우리가 그런 이야기를 나눌 때 에바 부인도 자주 동석했다. 하지만 이런 식의 이야기에 끼어들지는 않았다. 우리 모두에게 그녀는 이해와 신뢰 가득한 경청자였으며 메아리였다. 모든 사고가 그녀에게서 나와 그녀에게로 돌아가는 것처럼 느껴졌다. 그녀 옆에 앉아서, 때때로 그녀의 목소리를 듣고, 그녀의 성숙한 영혼의 분위기를 느끼는 것이 나는 행복했다.

나의 내부에서 일어나는 조그만 변화, 예를 들면 마음이 흐려진다거나 정신적인 성장이 약간 있었다든가 하는 것도 그녀는 금방 알아챘다. 내 꿈조차도 그녀에게서 비롯되는 것 같았다. 꿈을 꾸면 나는 그녀에게 이야기했다. 어떤 꿈도 그녀가 이해 못할 꿈은 없었다. 그녀의 또렷한 감각이 따라가지 못할 이상한 일이란 없었다.

한동안 나는 우리가 낮에 주고받았던 대화를 그대로 연장한 것 같은 꿈을 꾸었다. 온 세계에 전쟁이 일어나고 나는 혼자서, 또는 데미안과 둘이서 잔뜩 긴장한 채 위대한 운명을 기다렸다. 운명은 베일을 쓰고 있었지만 어딘지 에바 부인의 모습을 하고 있었다. 그녀에게 선택되느냐 또는 내던져지느냐, 그것이 우리의 운명이었다.

가끔 그녀는 미소를 지으면서, "싱클레어, 그게 전부가 아닌 것 같은데, 가장 중요한 것이 빠졌어."라고 말할 때가 있었는데, 그럴 때마다 나는 빠뜨린 부분이 기억났고, 어떻게 그걸 잊을 수 있었는지 알 수 없었다.

때로 나는 욕정에 시달렸다. 그녀를 눈앞에 두고도 끌어안지 못하는 것을 견디기 힘들었던 것이다. 그녀는 그것도 당장 알아버렸다. 언젠가 여러 날 가지 못하다가 미칠 것 같은 마음으로 결국 다시 간 적이 있었다. 그녀는 나를 곁에 앉히고 말했다.

"싱클레어, 스스로도 옳다고 확신하지 못하는 욕망에 열중해선 안 돼. 네가 뭘 원하는지 알아. 넌 그걸 포기하든지 아니면 철저하게 올바르게 원해야 해. 틀림없이 이루어진다는 확신을 갖고 원하면 그것은 반드시 이루어져. 하지만 넌 미치도록 원하다가도 금방 겁을 먹고 후회하지. 그런 것을 극복해야 해. 동화 얘기해 줄게."

그녀는 별을 사랑한 청년 이야기를 해주었다.

그는 바닷가에 서서 별을 향해 두 팔을 뻗었다. 그는 그 별을 꿈꾸고 그 별을 사랑했다. 그러나 그는 인간이 별을 안을 수 없다는 사실을 알고 있었다. 아니 알고 있다고 생각했다. 결코 이루어질 수 없는 사랑이었지만 그는 그 별을 사랑하는 것이 자기의 운명이라 생각했다. 체념과 사랑, 성실한 고뇌를 영혼의 정화로 승화하는 삶의 노래를 그는 만들어냈다. 그러나 그의 꿈은 온통 그 별을 향해서만 달려갔다.

어느 날 밤, 그는 또 다시 바닷가의 높다란 벼랑 위에 서서 별을 바라보며 사랑을 불태웠다. 그리움이 커지고 커져서 어느덧 최고조에 이른 순간 그는 별을 향해 공중으로 날아올랐다. 그러나 순간, 이건 불가능한 일이라는 생각이 번개처럼 스쳤다. 그러자 허공을 날던 그의 몸은 벼랑 아래로 떨어져 산산이 부서져버리고 말았다.

그는 사랑을 몰랐던 것이다. 별을 향해 몸을 날린 그 순간에 사랑의 실현을 굳게 믿을 만한 영혼의 힘을 가졌더라면 그는 하늘 높이 날아올라 별을 안았을 것이다.

"사랑을 구걸하거나 요구해선 안 돼. 자기 내부에서 사랑을 확신하는 힘이 있어야 해. 그러면 사랑은 이끌려가는 것이 아니라 이끄는 것이 돼. 싱클레어, 넌 지금 나에게 이끌리고 있는 거야. 언젠가 네가 나를 끌어당긴다면 내가 너에게 갈게. 나는 날 선물할 생각 없어. 획득해주길 바랄게."

어느 날 그녀는 또 다른 동화를 들려주었다. 짝사랑에 빠진 청년의 이야기였다.

그는 자기 내면으로 완전히 들어가 앉은 채 혹독한 짝사랑의 아픔을 뼈저리게 느끼고 있었다. 세계는 이미 그에게서 사라지고 없었다. 푸른 하늘과 초록의 숲도 그에게는 보이지 않았고, 시냇물 소리도 하프 소리도 그에게는 들리지 않았다. 모든 것이 다 사라져버린 참담한 지경에서도 그리움은 더해만 갈 뿐이었다. 사랑하는 아름다운 그녀를 단념할 바에는 차라리 죽어버리는 편이 나았다. 문득 그는 사랑이 그의 내부에 있는 모든 것을 다 태워버린 것을 깨달았다.

그의 사랑은 더욱 강력해졌다. 그는 당기고 또 당겼다. 아름다운 그녀도 끌려오지 않을 수 없었다. 그가 그녀를 안으려고 두 팔을 벌렸을 때 그녀는 다른 것이 되었다. 잃었던 온 세계가 자기 품에 끌려와 있는 것을 보고 그는 전율했다. 그가 품에 안은 것은 세계였고, 그 세계는 기꺼이 그에게 몸을 맡겼다. 하늘과 숲과 강물, 모든 것이 새로운 빛으로 신선하고도 장엄하게 그를 맞았다. 온 세계가 그의 것이 되었고 그의 언어로 그에게 말했다. 단 한 명의 여자를 얻는 대신 그는 전 세계를 가슴에 안았고, 하늘의 별들이 그의 내부에서 불타오르며 그의 영혼을 꿰뚫고 희열의 불꽃을 뿌렸다.

그는 사랑하는 것으로 자신을 발견한 것이다. 그러나 대부분의 사람들은 사랑하는 것으로 자신을 상실한다.

에바 부인에 대한 사랑만이 내 생활의 유일한 가치라고 생각했지만 그 사랑은 매일 다른 형태를 취했다. 때때로 나는 내가 이끌리고 열망하는 것은 그녀가 아니라고 생각했다. 그녀는 다만 나를 보다 깊이 나 자신에게로 이끌려는 내 내면의 상징일 뿐이라는 것을 뚜렷이 느꼈던 것이다. 그녀의 말은, 나를 뒤흔들고 있는 당장의 문제에 대한 내 무의식의 대답같이 들렸다.

그러나 또 어떤 때는 관능적인 욕망에 불타 그녀의 손이 닿은 모든 물건에 입을 맞추며 돌아다닐 때도 있었다. 차츰차츰 관능적인 사랑과 정신적인 사랑, 현실과 상징이 서로 뒤섞였다. 그래서 하숙집에서 혼자 조용히 그녀를 생각하다 보면, 그녀의 손이 내 손에, 그녀의 입술이 내 입술에 닿는 느낌이 들곤 했다. 또 어떤 때는 그녀의 집에서 그녀의 얼굴을 보고 그녀와 말을 하고 목소리를 들으면서도 그녀가 정말로 거기 있는 것인지, 또는 꿈을 꾸고 있는지 알 수 없을 때도 있었다.

불멸의 사랑이 어떤 것인지 나는 어렴풋이 깨닫기 시작했다. 책을 읽다가도 새로운 깨우침을 얻으면, 에바 부인의 키스를 받은 것 같은 느낌이 들었다.

나의 내부에서 어떤 진보를 느낄 때면, 그녀가 내 머리를 쓰다듬으며, 성숙하고 향기롭고 따스한 미소를 짓는 느낌이었다. 중요한 모든 운명이 그녀의 모습을 하고 있었다. 그녀는 내 모든 상념 하나하나로 나타났으며, 나의 모든 상념은 그녀의 모습으로 모습을 바꾸었다.

부모님과 함께 보낼 크리스마스 휴가가 다가오는 것이 나는 두려웠다. 두 주나 에바 부인 없이 지내는 고통을 감수해야 했기 때문이다. 하지만 뜻밖에도 그것은 고통스럽지 않았다. 멀리 떨어져 있으면서 그녀를 생각하는 것은 멋진 일이었다.

H시로 돌아온 뒤에도 나는 이틀이나 그녀의 집에 가지 않았다. 그녀에게 묶이지 않고 이토록 내가 독립적으로 지낼 수 있다는 사실을 즐기기 위해서였다. 그리고 나는 나의 사랑이 새로운 비유적인 방법으로 이루어지는 꿈을 꾸었다. 그녀는 내가 흘러드는 바다였다. 그녀는 별이었고 나 또한 별이었다. 나는 그녀에게로 가고 있었고, 우리는 서로 이끌렸다. 우리는 가까이 다가가 이 세상의 것이 아닌 행복을 느끼며 영원토록 서로의 둘레를 돌고 있었다.

그녀를 다시 만난 날, 그 꿈 얘기를 해주었다.

"아름다운 꿈이네. 그걸 실현하기 바랄게."

그녀가 조용히 말했다.

이른 봄의 어느 날이었다. 나는 그 날을 결코 잊지 못한다. 나는 현관으로 들어갔다. 창문은 열려 있었고, 따스한 바람이 히아신스의 짙은 향기를 방안에 뿌리고 있었다. 아무도 보이지 않기에 나는 계단을 올라가 막스 데미안의 서재로 갔다. 나는 가볍게 노크하고, 늘 그랬던 것처럼 대답을 기다리지 않고 안으로 들어갔다.

방안은 어두웠다. 커튼은 모두 내려져 있었다. 막스가 화학실험실로 쓰고 있는 작은방으로 통하는 문이 열려 있었다. 그 문으로 비구름 사이로 삐져나온 밝은 햇살이 한 줄기 하얀 빛이 되어 스며들고 있었다. 아무도 없는 줄 알고 커튼을 하나 젖히자 커튼을 내린 창가 의자에 막스 데미안이 웅크리고 앉아 있는 것이 보였다.

다른 사람처럼 보였다. 전에 본 적이 있는데! 하는 생각이 번개처럼 스쳤다. 팔을 늘어뜨린 채 손은 무릎에 놓여 있었고, 약간 앞으로 기울인 얼굴은 죽은 사람처럼 보였으며, 뜨고 있는 눈의 동공에 비친 작고 날카로운 한 줄기 빛은 마치 유리에 비친 것처럼 힘없이 빛나고 있었다. 창백한 얼굴은 완전히 자기 자신 속에 가라앉아 굳어서 마치 사원의 문을 지키는 태고의 짐승 같았고, 숨도 쉬지 않는 것 같았다.

추억이 엄습했다. 지금과 똑같은 모습을 아주 오래 전에, 내가 아직 어린 소년이었을 때 본 적이 있었다. 지금처럼 눈은 내면을 향하고 있었고 손은 죽은 것처럼 책상 위에 놓여 있었고, 파리 한 마리가 얼굴 위를 기어 다니고 있었다. 6년이 지난 지금도 그때처럼 시간을 초월한 얼굴이었다. 얼굴의 주름살 하나도 달라진 것이 없었다.

두려움을 느끼며 나는 살그머니 방을 빠져나와 계단을 내려갔다. 거실에서 에바 부인을 만났다. 그녀는 창백하고 피곤한 모습이었다. 그런 모습은 여태까지 본 적이 없었다. 그림자 하나가 창밖을 지나가더니 환하던 햇빛이 갑자기 사라져 버렸다.

"막스 방에 갔는데 좀 이상해요. 자고 있는 건지, 아니면 깊은 생각에 잠겨 있는 건지 잘 모르겠어요. 전에도 한 번 그랬었어요."

나는 빠른 어조로 속삭이듯 말했다.

"설마 그를 깨우지는 않았겠지?"

그녀가 황급히 물었다.

"아뇨. 막스는 전혀 몰라요. 저는 곧바로 나왔어요. 에바 부인, 어떻게 된 건지 말해주세요."

그녀는 손으로 이마를 문질렀다.

"걱정할 거 없어, 싱클레어. 그는 자신의 내부에 틀어박힌 것뿐이야. 조금 있으면 깨어날 거야."

그녀는 일어서더니 비가 내리기 시작한 정원으로 나갔다. 따라가면 안 된다는 느낌이 들었다. 나는 거실에서 서성거리며 히아신스의 마취시킬 것처럼 짙은 향기를 맡기도 하고, 문 위에 걸린 내 새의 그림을 바라보기도 했다. 그날 아침, 그 집은 이상하게 불안한 분위기에 휩싸여 있었다. 이게 뭐지? 무슨 일이 일어난 것일까?

에바 부인은 다시 돌아왔다. 빗방울이 그녀의 검은 머리에 맺혀 있었다. 그녀는 안락의자에 앉았다. 피곤해 보였다. 나는 그녀 옆으로 가서 몸을 구부리고 머리에 맺힌 빗방울에 입 맞추며 그것을 마셨다. 그녀의 눈은 밝고 고요했으나, 빗방울에서는 눈물 같은 맛이 났다.

"막스한테 가볼까요?" 나는 속삭이듯 물었다.

"어린애같이 굴지 마, 싱클레어. 오늘은 그만 가고, 나중에 다시 와. 오늘은 좀 힘들어."

엷은 미소를 지으며 그녀는 큰 소리로 타일렀다. 나한테라기보다는 오히려 자기 마음속에 있는 둑을 무너뜨리려는 것 같았다.

나는 밖으로 나와 집과 거리를 지나서 산 쪽으로 달려갔다. 이슬비가 얼굴을 때리고 구름은 무거운 짐을 진 것처럼 낮게 내려앉은 채 겁먹은 표정으로 흘러가고 있었다. 바람이 거의 불지 않는데도 왠지 구름 위에서는 폭풍우가 일고 있는 것 같았다. 강철 같은 잿빛 구름 사이로 창백한 태양이 가끔 날카롭게 비쳤다.

문득 하늘을 가로질러 노란 구름이 한 점 흘러왔다. 노란 구름이 잿빛 구름에 부딪치자 노랑과 파랑으로 형체를 만들기 시작하더니, 순식간에 거대한 새 한 마리가 나타났다. 새는 파랗게 흩어진 구름들 사이에서 몸을 떼어내더니 커다란 날개를 펄럭이며 하늘로 날아가 버렸다. 그러자 폭풍우 소리가 들리더니 우박이 섞인 비가 쏟아져 내렸다. 짧은 순간, 소스라치게 놀랄 만큼 무서운 천둥소리가 비에 젖은 풍경 위로 요란스럽게 울렸다.

그러고 나서 곧바로 한 줄기 햇빛이 구름 사이로 새어 나왔으며, 갈색 숲 너머로 보이는 가까운 산꼭대기에서는 푸르스름한 눈이 흐릿하게 환상처럼 빛나고 있었다.

몇 시간이 지나서 비에 흠뻑 젖어서 다시 그 집으로 돌아가자 데미안이 직접 문을 열어주었다. 그는 나를 자기 방으로 데리고 올라갔다. 실험실에는 가스 불이 타고 있었고, 종이가 여기저기 널려 있었다. 실험을 하던 참이었던 것 같았다.

"앉아. 피곤하지? 이 지독한 날씨에 밖에 오래 있었나 보군. 곧 차를 갖고 올 거야." 그가 말했다.

"오늘은 뭔가 좀 이상해. 폭풍 정도로 끝날 것 같지가 않아."

나는 주저하면서 말을 꺼냈다.

그는 살피듯이 나를 보았다.

"뭘 봤는데?"

"아주 잠깐 구름 속에서 뚜렷한 형체가 보였어."

"무슨 형체?"

"새였어."

"새매 말이야? 네 꿈에 나오는 그 새?"

"응, 바로 그 새매였어. 노란빛으로 아주 거대했어. 그리고 검푸른 하늘 속으로 날아갔어."

데미안은 한숨을 쉬었다.

노크 소리가 들리고 늙은 하녀가 차를 가져왔다.

"마셔, 싱클레어. 난 네가 그 새를 본 게 우연이 아니라고 생각해."

"우연이 아니라고? 그런 걸 우연히 볼 수도 있다는 뜻이야?"

"네 말이 맞아. 그럴 리가 없지. 무슨 의미가 있을 거야. 뭔지 알아?"

"몰라. 다만 술렁임이라고나 할까, 운명을 향해 내딛는 첫 걸음이라고나 할까, 그런 느낌이 들어. 아마 우리 모두에게 관계가 있는 일일 거야."

그는 방안을 왔다 갔다 했다. 흥분한 것 같았다. 그가 큰 소리로 외쳤다.

"운명을 향해 내딛는 첫 걸음이라! 나도 어젯밤에 그런 꿈을 꿨어. 어머니도 어제 그런 예감이 든다고 하셨어. 내가 꾼 꿈은 이런 거야. 나는 사다리를 타고 올라갔어. 나무였는지 탑이었는지 모르겠어. 꼭대기에 올라갔더니 커다란 벌판이 나왔는데 도시고 마을이고 온 나라 안이 불타고 있었어. 아직 다는 말할 수 없어. 나도 아직은 뚜렷이 아는 게 아니니까."

"너와 관계가 있는 꿈이라고 생각해?" 내가 물었다.

"나와? 당연하지. 사람은 절대로 자기와 관계없는 꿈은 꾸지 않아. 하지만 이 꿈은 나 하나에만 해당되는 건 아니야. 네 말이 맞아. 자기 마음의 움직임을 나타내는 꿈과, 아주 드물긴 하지만 인간의 운명 전체를 암시하는 꿈은 엄밀히 다른 거야. 그런 꿈을 꾸는 일은 정말 드물지. 더구나 예지몽의 형태로 나중에 실현됐다고 할 만한 꿈은 한 번도 꾼 적 없었어. 해몽 따위는 너무나 불확실하거든.

하지만 어젯밤 꿈이 나 혼자한테만 관계된 게 아니라는 건 확실해. 그 꿈은 아마도 내가 전에 꾼 꿈의 일부이면서, 계속인 거야. 내가 지금까지 말했던 예감은 모두 이 꿈들에서 나온 거야. 싱클레어, 우리의 세계가 정말로 썩었다는 것은 분명하지만, 그것만으로는 세계의 몰락이나 그 비슷한 것을 예언할 근거가 될 수 없어. 하지만 나는 지난 몇 년 동안 계속 꿈을 꾸었어.

내 결론은, 아니, 느낌은, 해석은 네 마음대로 해도 괜찮아, 아무튼 낡은 세계가 몰락할 날이 머지않다는 거야. 처음에는 아주 약하고 어렴풋한 예감이었는데 날이 갈수록 그것들은 점점 뚜렷해지고 강해졌어. 아직은 나와 관련 있는 어떤 끔찍하고 중대한 일이 다가오고 있다는 것밖에 몰라. 싱클레어! 우리는 드디어 체험하게 될 거야! 세계는 새로워지려 하고 있어. 죽음의 냄새가 나. 죽음 없이는 새로운 것이 나타날 수는 없으니까. 내가 생각했던 것보다 더 무서운 일이 일어날 것 같아."

나는 소스라치게 놀라서 그를 바라보았다.

"네 꿈의 나머지 부분도 얘기해 줄래?"

나는 조심스럽게 부탁했다.

그는 고개를 흔들었다.

"안 돼."

문이 열리더니 에바 부인이 들어왔다.

"여기 있었구나! 절망하고 있는 건 아니지?"

지친 모습은 사라지고 그녀는 이제 다시 생기를 되찾고 있었다. 데미안이 미소를 짓자 그녀는 겁먹은 아이들 곁으로 오는 어머니처럼 우리들 곁으로 다가왔다.

“절망 따위는 하지 않아요, 어머니. 새로운 징조에 대해서 풀어보고 있었어요. 하지만 사실 그런 건 문제가 안 돼요. 어차피 일어날 일은 갑자기 닥칠 테고, 우리가 알아야 할 것은 알게 될 테니까요.”

마음이 무거웠다. 작별인사를 하고 혼자 현관을 나올 때엔 히아신스 향기가 시들어 주검의 냄새를 풍기고 있는 것처럼 느껴졌다. 어두운 그림자가 우리의 머리 위로 덮쳐들고 있었던 것이다.

8.
종말의 시작

나는 여름 방학 동안에도 집에 가지 않고 H시에 남아 있었다. 거의 언제나 우리는 집 안보다는 강가의 정원에서 시간을 보냈다. 예전의 동양인은 떠났고, 톨스토이 숭배자도 가버렸다. 말이 나왔으니 말이지만 데미안은 권투시합에서 멋지게 승리했다. 데미안은 날마다 말을 타고 멀리 돌아다녔기 때문에 나는 그의 어머니와 단둘이 있는 경우가 많았다.

내 생활이 이토록 평화스럽다는 것에 가끔 나는 놀라움을 느꼈다. 너무나 오래 고독하게 체념하고 고뇌하며 살았던 만큼 H시에서 보낸 이 몇 달은 마법에 걸린 것처럼 아름답고 쾌적한 일과 감정 속에서만 마음 편하게 살도록 허락된 꿈속의 섬나라에서 사는 것 같았다. 그것은 우리가 생각하는 새롭고 고차원적인 공동체의 전주라는 예감 때문에 나는 이 행복에 대해 깊은 슬픔을 느꼈다. 오래 계속되지 못할 것을 잘 알고 있었기 때문이다.

안락하고 충족한 삶을 살도록 나는 태어나지 않았다. 고통 속에서 쫓기는 것이 나에게는 필요했다. 언젠가는 이 아름다운 사랑의 꿈에서 깨어나 다시 혼자, 차가운 타인들의 세계 속에 완전히 혼자 서게 되리라는 예감이 어렴풋이 들었다. 오직 고독과 투쟁만 있을 뿐 평화도 공동체도 없을 것이라는 체념과 함께. 그러자 나의 그리움은 배로 늘어났고, 나는 에바 부인 곁에서 내 운명이 여전히 아름답고 고요한 것에 감사하며 기뻐했다.

여름의 몇 주는 어찌나 빠르게 지나던지, 그 학기도 벌써 끝나가고 있었다. 이별이 다가오고 있었다. 그러나 그런 생각은 절대로 해서는 안 되는 것이었고, 사실 생각하지도 않았다. 나는 꿀이 든 꽃에 앉은 나비처럼 이 아름다운 날들에 매달렸다. 그것은 나의 황금기였고, 최초의 충족이었고, 그 특별한 동맹 속에 받아들여진 시기였다. 이제 무엇이 올 것인가? 나는 다시 외톨이가 되어 오직 투쟁하고 동경하고 온갖 꿈을 꾸게 될 것이다.

그러던 어느 날, 이 격렬한 예감은 나의 내부에서 에바 부인에 대한 사랑을 뜨겁게 일깨웠다. 고통스러웠다. 어떻게 하지? 이제 곧 이별이다. 그녀를 만나지 못하게 되고, 집안을 돌아다니는 그녀의 굳고 상쾌한 발자국 소리도 듣지 못하게 되고, 책상 위에서 그녀가 갖다 놓은 꽃을 발견하지도 못하게 된다. 그런데도 나는 무엇을 얻었다는 거지? 그녀를 내 곁으로 끌어당기는 대신, 그저 꿈을 꾸며 만족했다! 순수한 사랑, 진짜 사랑에 대해 그녀가 했던 말들이 하나하나 떠올랐다. 미묘한 조언, 희미하지만 분명한 유혹들, 가끔은 사랑을 약속하는 말들까지 모두. 그런데도 나는 뭘 한 거지? 아무것도, 전혀 아무 것도 나는 이룩한 것이 없었다.

나는 방 한가운데 서서 에바 부인에게 모든 의식을 집중했다. 나의 사랑을 그녀가 느끼도록, 그녀를 나에게 끌어당기려고 내 영혼의 온힘을 모았다. 그녀는 내게 온다. 그녀는 나의 포옹을 열망한다. 나의 키스는 그녀의 성숙한 사랑의 입술을 끝없이 탐한다.

손가락 끝과 발끝에서부터 몸이 싸늘해지기 시작했다. 몸에서 힘이 빠져나가는 것을 느꼈다. 어느 순간 내 속에서 뭔가 한껏 억세게 죄어드는 느낌이 들었다. 어쩐지 밝고 시원한 느낌, 가슴속에 수정을 품고 있는 것 같은 느낌이었다. 나는 그것이 나의 자아라는 것을 깨달았다. 차가움이 가슴까지 치밀어 올라왔다.

무서운 긴장에서 깨어났을 때 뭔가 오고 있다는 느낌이 들었다. 죽을 것처럼 피곤했지만 나는 황홀한 갈망으로 방에 들어올 에바 부인을 기다렸다.

거리를 따라 달려오는 말발굽 소리가 들리더니 가까운 곳에서 딱딱 소리를 내며 멈췄다. 나는 창가로 달려갔다. 말에서 내리는 데미안의 모습이 보였다. 나는 계단을 뛰어 내려갔다.

"무슨 일이 있어, 데미안? 설마 어머니에게 무슨 일이 있는 건 아니지?"

그는 내 말은 듣지도 않았다. 얼굴은 몹시 창백했고, 땀이 이마에서 양쪽 뺨으로 흘러내리고 있었다. 아직 가쁜 숨을 몰아쉬고 있는 말을 정원 담장에 매고 그는 내 팔을 잡더니 아래쪽 길로 내려갔다.

"벌써 소식 들었니?"

나는 아무것도 몰랐다.

데미안은 내 팔을 꽉 붙잡고 내게 얼굴을 돌렸다. 잔뜩 흥분한 검은 눈에 동정이 어려 있었다.

"드디어 시작된 거야. 러시아와 팽팽하게 긴장된 관계였던 건 너도 알지?"

"뭐? 그럼 전쟁이야? 난 그런 건 생각도 못했는데."

가까이에 아무도 없는데도 그는 조그맣게 말했다.

"아직 선전포고는 하지 않았어. 하지만 틀림없이 전쟁이 일어날 거야. 번거로울까봐 너에게 말하진 않았지만 그 후로도 세 번이나 그런 징조를 봤어. 그건 세계의 몰락도 지진도 혁명도 아니고 전쟁이었던 거야. 전쟁이 어떻게 시작되는지는 이제 너도 알게 되겠지만 모두 기뻐 날뛸 거야. 사람들은 지금 전쟁을 기대하고 있어. 그 정도로 다들 삶이 따분한 거야. 하지만 싱클레어. 이건 시작에 불과해. 어마어마한 대규모 전쟁이 될 거고, 그것도 그저 시작일 뿐이야. 드디어 새로운 세계가 시작된다. 그 새로운 세계는 낡은 세계에 매달려 있는 사람들에게는 끔찍한 일이 되겠지만. 너는 어떻게 할 거야?"

나는 깜짝 놀랐다. 나와는 거리가 먼, 정말 비현실적인 일로 느껴졌다.

"모르겠어, 너는?"

그는 어깨를 으쓱했다.

"소집영장이 나오면 곧 입대할 거야. 나는 소위야."

"네가? 전혀 몰랐는데."

"그래. 그게 내 방식이지. 너도 알겠지만, 나는 눈에 띄는 게 싫어. 그래서 늘 지나칠 정도로 신경을 썼지. 아마 1주일 뒤에는 전쟁터에 가 있을 거야."

"뭐!"

"이 일을 감상적으로 받아들이면 안 돼. 살아있는 인간에게 총을 쏘라고 명령하는 것이 결코 유쾌한 일은 아니잖아. 하지만 그건 둘째 문제야. 우리는 이미 커다란 운명의 수레바퀴에 말려들어 간 거니까. 조금 있으면 너에게도 소집 영장이 나올 거야."

"그럼 너의 어머니는, 데미안?"

비로소 나는 15분 전에 있었던 일이 생각났다. 그 사이에 세계는 얼마나 달라져 버린 걸까! 나는 그리운 모습을 불러오려고 영혼의 힘을 다 쥐어짜고 있었는데, 지금 갑자기 운명은 무시무시하게 위협적인 얼굴로 무심하게 나를 보고 있었다.

"어머니? 아, 어머니는 걱정할 거 없어. 세상 누구보다도 안전하니까. 넌 어머니를 그렇게도 사랑하니?"

"알고 있었어?"

그는 스스럼없이 밝게 웃었다.

"넌 아직도 어린애 같아! 물론 알고 있었지. 지금까지 어머니를 에바 부인이라 부른 사람치고 어머니를 사랑하지 않은 사람은 하나도 없었으니까. 아무튼, 아까 어머니 아니면 나를 불렀지? 안 그래?"

"그래, 불렀어. 에바 부인을 불렀어."

"어머니가 그걸 아셨던 거군. 러시아에 관한 소식을 전하던 참이었는데 난데없이 너한테 가보라더라고."

우리는 발길을 돌렸다. 이제는 별로 할 말도 없었다. 그는 고삐를 풀고 말 등에 올라탔다.

2층 내 방으로 돌아와서야 나는 비로소 얼마나 피로한지 알았다. 데미안이 알려준 소식 때문이기도 했지만 그보다는 아까의 긴장 때문이었다. 에바 부인은 내 마음의 소리를 들었다. 내 그리움이 그녀에게 닿은 것이다.

그녀가 직접 오지 않았다고 해도 이 얼마나 놀라운 일인가! 얼마나 멋지고 아름다운 일인가! 이제 전쟁이 시작된다. 우리가 그토록 자주 예감했던 것이 드디어 시작된 것이다. 하지만 아무리 데미안이라도 어쩌면 그렇게 완벽하게 준비가 되어 있는 것일까! 이제 세계의 물결은 우리 곁을 그냥 스쳐지나가는 것이 아니라 갑자기 우리의 심장 한가운데를 뚫고 지나갈 것이다.

모험과 거친 운명이 우리를 부르고, 세계가 우리를 필요로 하고 있으며, 세계가 바뀌는 순간이 지금 눈앞에 닥쳐오고 있었다. 불가사의한 느낌이 들었다. 데미안의 말이 옳았다. 감상적으로 받아들일 일이 아니었다. 이상한 것은 다만, 내가 운명이라는, 지극히 개인적인 것을 세상의 모든 사람들과, 전 세계와 함께 공동으로 체험하게 됐다는 것이었다. 그것도 역시 좋은 일이었다!

나는 각오가 되어 있었다. 저녁때 집을 나서자 거리는 온통 커다란 흥분으로 들끓고 있었다. 어디서나 '전쟁'이라는 말이 들렸다.

에바 부인의 집으로 갔다. 정원의 정자에서 저녁식사를 했다. 내가 유일한 손님이었다. 아무도 전쟁에 대해 말하지 않았다. 다만 나중에 내가 집으로 돌아오기 직전에 에바 부인이 말했다.

"싱클레어, 오늘 나를 불렀지? 왜 내가 직접 가지 않았는지는 너도 알지? 아무튼 너도 이제는 어떻게 부르는지 알게 됐으니까 표지를 가진 사람이 필요할 땐 그렇게 부르면 돼."

그녀는 일어서서 어둑어둑한 정원을 앞장서서 걸어갔다. 신비하고 당당하게 마치 왕후처럼, 그녀는 말없는 나무들 사이를 걸어갔다. 그녀의 머리 위에서 수많은 별들이 조그맣게, 그리고 다정하게 반짝였다.

이제 나의 이야기도 끝날 때가 되었다. 사태는 급박하게 진전되었다. 곧 전쟁이 시작되었다. 데미안은 은회색 외투의 군복 차림으로 묘하게 낯선 느낌으로 떠나갔다. 나는 그의 어머니를 집까지 바래다주었다. 얼마 뒤 나에게도 징집영장이 나왔다. 그녀는 내 입술에 키스를 하고, 나를 잠시 동안 껴안아 주었다. 그녀의 커다란 두 눈이 아주 가까이에서 내 눈을 바라보며 불타올랐다.

모든 사람들이 형제가 되었다. 모두 조국과 명예를 부르짖었지만 그것은 사실 그들이 한순간 똑바로 드러난 '운명'의 원래 모습을 본 것에 지나지 않았다. 젊은이들이 병영 막사에서 나와 기차를 탔다. 그 많은 사람들의 얼굴에서 나는 표지를 보았다. 우리의 표지는 아니었지만 사랑과 죽음을 뜻하는 아름답고 장엄한 표지였다.

낯선 사람들이 나를 포옹했다. 나는 그 마음을 이해할 수 있었고 그래서 기꺼이 포옹을 나눴다. 그들이 그렇게 한 것은 운명의 의지라기보다는 도취 때문이었지만 그래도 그 도취는 신성한 것이었다. 그들 모두 이 짧고 절박한 눈길을 운명의 눈 속에 보내고 있었기 때문이었다.

내가 전쟁터에 도착했을 때 계절은 겨울로 접어들고 있었다. 처절하게 계속되는 총질 때문에 흥분하면서도 나는 모든 것에 환멸을 느꼈다. 전에는 인간이 이상을 위해서 사는 것이 왜 그토록 드문 일일까 생각했는데, 이제는 많은 사람들이, 아니 모든 사람들이 이상을 위해서 죽을 수 있다는 것을 보았다. 다만 그것은 개인적이고, 자유롭고, 스스로 선택한 이상이어서는 안 되고, 공통된 이상으로 모두가 받아들인 이상이어야만 했다.

시간이 지날수록 나는 내가 인간을 과소평가했다는 사실을 깨달았다. 임무와 공동의 위험으로 획일화되어 있었지만, 나는 살아 있는 사람들과 죽어가는 사람들이 운명의 의지에 멋지게 다가가는 것을 보았다. 많은 사람들이 공격 때 말고도 홀린 것처럼 확고하면서도 머나 먼 곳을 향한 시선을 갖고 있었다. 목적 따위는 아무래도 좋은, 전적으로 몸을 바치는 시선이었다.

그들이 무엇을 믿고 무엇을 생각하든 그들은 각오가 되어 있는 인간이었고 유용한 인간이었으며, 그들이라면 미래의 형성도 기대할 수 있었다. 세계가 전쟁과 영웅주의와 명예 같은 그 모든 낡아빠진 이상에 매달려, 진정한 인간의 목소리가 아득히 멀어지고, 거짓된 울림으로 여겨진다 해도 그것은 모두 표면적인 것에 지나지 않는 것이었다. 그것은 마치 외적이고 정치적인 논의가 전쟁의 표면에 지나지 않았던 것과 같았다. 깊은 곳에서는 뭔가 자라나고 있었다. 새로운 인류라 할 만한 것이 태어나고 있었다. 증오와 분노, 살육과 파괴가 그 대상이 되는 개인과 직접 결부된 것이 아니라는 것을 직감적으로 간파하고 있는 사람들을 많이 보았던 것이다.

내 옆에서 죽어간 사람들도 많았다. 전쟁의 대상 역시 목적처럼 완전히 우연한 것이었다. 증오나 분노 같은 전쟁의 가장 근원적인 감정도, 아무리 야수 같은 감정조차도 그것은 적을 향한 것이 아니었다. 그 피비린내 나는 감정의 작업은 자기 분열에 빠진 영혼이 새로운 탄생을 위해서 미쳐 날뛰며 죽이고 파괴하는 내부의 발로에 불과했다. 거대한 새가 알에서 뛰쳐나오려고 안간힘을 쓰고 있었다. 알은 세계였다. 세계는 파괴되어야만 했다.

어느 이른 봄날 밤에 나는 우리가 점령한 어느 농가 앞에서 보초를 서고 있었다. 맥 빠진 바람이 부는 듯 마는 듯했고, 플랑드르의 하늘에는 뭉게구름이 흐르고 있었다. 구름 뒤에 달이 숨어 있을 것만 같았다.

나는 그날 하루 종일 불안했었다. 뭔지 모를 근심 때문에 마음이 산란했다. 나는 어둠 속에서 보초를 서며 지금까지의 온갖 광경을 떠올렸다. 에바 부인과 데미안 생각이 절실했다. 나는 포플러 나무에 기대서서 구름이 어수선하게 움직이는 하늘을 바라보았다. 살며시 꿈틀거리던 구름의 밝은 부분이 커다란 그림을 그리며 잇달아 다른 그림으로 바뀌었다.

맥박이 약해지고 살갗이 비바람에 무감각해지며, 내면에서는 정신이 긴장하여 불꽃을 튀기는 것으로 보아 나를 이끌어주는 사람이 가까이 있다는 것을 느꼈다.

구름 속에서는 커다란 도시가 보였다. 수백만 명의 사람들이 그 도시에서 쏟아져 나와 넓은 지역으로 흩어져 갔다. 그들의 한복판에 거대한 신의 모습이 나타났다. 산처럼 크고 반짝거리는 별을 머리에 단 그 신은 어딘지 에바 부인을 닮아 있었다. 사람들은 마치 동굴 속으로 빨려 들어가는 것처럼 신의 모습 속으로 사라졌다.

여신은 땅에 몸을 웅크리고 앉았다. 그녀의 이마 위의 점이 밝은 빛을 발했다. 악몽을 꾸는 것처럼 두 눈을 감은 여신의 얼굴은 고통으로 일그러져 있었다. 갑자기 여신이 비명을 질렀다. 그러자 그녀의 이마에서 수천 개의 빛나는 별이 쏟아져 나와 멋진 활 모양으로 반원을 그리면서 검은 하늘을 흩어져 날아갔다.

별 하나가 드높은 울림소리를 내면서 나에게 똑바로 날아왔다. 나를 찾고 있나 보다고 생각하는 순간, 별은 신음 소리를 내며 무수한 불꽃으로 갈라지며 산산이 흩어졌다.

나는 순식간에 하늘 높이 끌려 올라갔다가 다시 땅바닥으로 내던져졌다. 내 머리 위에서 세계가 요란한 소리를 내면서 무너졌다.

나는 포플러 나무 옆에서 상처투성이로 흙을 뒤집어쓴 채 발견되었다. 나는 지하실로 옮겨졌다. 밖에서는 끊임없이 대포가 울리고 있었다.

얼마 후에 나는 거의 언제나 잠들어 있거나 의식을 잃은 상태로 차에 실려 텅 빈 들판 위를 흔들리면서 갔다. 그러나 깊이 잠들어 있는 동안 뭔가 나를 끌어당기고 있다는 것과, 나를 지배하고 있는 어떤 힘을 내가 따라가고 있다는 느낌이 점점 강해졌다.

나는 마구간의 짚더미 위에 누워 있었다. 어두웠다. 누군가 내 손을 밟았다. 내 마음은 더 멀리 앞으로 가고자 했다. 어떤 힘이 나를 보다 강하게 이끌었다.

나는 다시 수레에 실렸다가 나중에는 들것인지 사다리 같은 것으로 옮겨졌다. 어딘지는 몰라도 명령을 받은 곳으로 가야 한다는 느낌은 더욱 강해졌고, 어떻게 해서든 그곳으로 가야 한다는 욕망 말고는 아무것도 느끼지 못했다.

드디어 목적지에 닿았다. 밤이었다. 나는 완전히 의식이 깨어 있었다. 조금 전에 나의 내부에서 강렬한 이끌림과 충동을 느꼈던 것이다.

나는 어떤 넓은 방의 바닥에 누워 있었다. 바로 여기라는 느낌이 들었다. 돌아보니 나의 매트리스 바로 옆에 놓인 매트리스 위에서 누군가 몸을 내밀고 나를 바라보고 있었다. 그의 이마에는 표지가 붙어 있었다. 막스 데미안이었다.

나는 할 말을 잊었다. 그도 그런 것 같았다. 어쩌면 말 따위는 필요 없었는지도 몰랐다. 그는 나를 물끄러미 바라보기만 했다. 머리 위의 벽에 걸린 램프 불빛이 그의 얼굴을 비췄다. 그는 미소를 지었다.

그는 눈도 깜빡이지 않고 내 눈을 응시했다. 그 시간이 나에게는 무한처럼 느껴졌다. 그는 천천히 얼굴을 내밀었다. 두 얼굴이 거의 부딪칠 만큼 가까워졌다.

"싱클레어!" 그가 속삭였다.

나는 그의 말을 알아듣는다고 눈으로 끄덕였다. 그가 다시 미소를 지었다. 연민에 가득 찬 미소였다.

"꼬마!"

그가 미소 지으면서 말했다. 그의 입술이 거의 내 입술에 닿을 정도였다.

"프란츠 크로머 생각나니?"

작은 목소리로 그가 물었다. 나는 눈을 깜박여 보이고 미소를 지었다.

"싱클레어! 잘 들어! 나는 이제 가야 할 것 같아. 언젠가 또 다시 내가 필요할 때가 있을 거야. 크로머나 그런 일 때문에 말이지. 하지만 그때는 나를 불러도 지금까지처럼 말을 타거나 기차를 타고 너에게 올 수 없어. 그땐 너 자신의 목소리에 귀를 기울여! 그러면 네 마음속에 내가 있다는 걸 알게 될 거야. 알겠니? 그리고 또 하나! 에바 부인이 부탁한 건데, 너한테 무슨 일이 생기면 나보고 대신 키스해 주라고 했어. 네 몫까지 키스를 받아 왔으니까, 눈을 감아, 싱클레어!"

나는 눈을 감았다. 가벼운 입맞춤을 느끼며 나는 잠들었다. 내 입술에서는 피가 줄곧 조금씩 흐르고 있었다.

아침에 누군가 나를 깨웠다. 붕대를 갈아야 한다고 했다. 가까스로 정신을 차리고 얼른 옆자리를 돌아보았다. 거기에는 한 번도 본 적 없는 낯선 사람이 누워 있었다.

붕대를 가는 것은 고통스러웠다. 그 뒤로 나에게 일어난 일들은 모두 고통스러웠다. 그러나 때때로 제대로 된 열쇠를 찾아서 나의 내면으로 들어가면 내면의 어두운 거울에서 졸고 있는 운명의 모습을 볼 수 있었다. 그때는 그 검은 거울 위로 몸을 숙이기만 하면 됐다.

거기에서 나는 나 자신의 모습을 보았다. 그것은 이제 내 친구이며 길잡이였던 데미안과 꼭 닮아 있었다.

마음을 풍요롭게 바꾸는 책읽기의 즐거움

독서노트

NO.

년

월

열린문학

독서노트

	읽은 날짜	책제목
01	—	
02	—	
03	—	
04	—	
05	—	
06	—	
07	—	
08	—	
09	—	
10	—	
11	—	
12	—	
13	—	
14	—	
15	—	

작가	페이지	출판사	평가
			그저 그래 / 재미있어 / 완전 감동

	읽은 날짜	책제목
01	—	
02	—	
03	—	
04	—	
05	—	
06	—	
07	—	
08	—	
09	—	
10	—	
11	—	
12	—	
13	—	
14	—	
15	—	

작가	페이지	출판사	평가
			그저 그래 / 재미있어 / 완전 감동

01	책제목	작가

좋은 구절

요약 및 느낀점

02	책제목	작가

좋은 구절

요약 및 느낀점

감상 및 마음에 남는 문장

01	책제목	작가

좋은 구절

요약 및 느낀점

02	책제목	작가

좋은 구절

요약 및 느낀점

01	책제목	작가

좋은 구절

요약 및 느낀점

02	책제목	작가

좋은 구절

요약 및 느낀점

감상 및 마음에 남는 문장

01	책제목	작가

좋은 구절

요약 및 느낀점

02	책제목	작가

좋은 구절

요약 및 느낀점

01	책제목	작가

좋은 구절

요약 및 느낀점

02	책제목	작가

좋은 구절

요약 및 느낀점

감상 및 마음에 남는 문장

01	책제목	작가

좋은 구절

요약 및 느낀점

02	책제목	작가

좋은 구절

요약 및 느낀점

01	책제목	작가

좋은 구절

요약 및 느낀점

02	책제목	작가

좋은 구절

요약 및 느낀점

감상 및 마음에 남는 문장

01	책제목	작가

좋은 구절

요약 및 느낀점

02	책제목	작가

좋은 구절

요약 및 느낀점

01	책제목	작가

좋은 구절

요약 및 느낀점

02	책제목	작가

좋은 구절

요약 및 느낀점

감상 및 마음에 남는 문장

01	책제목	작가

좋은 구절

요약 및 느낀점

02	책제목	작가

좋은 구절

요약 및 느낀점

01	책제목	작가

좋은 구절

요약 및 느낀점

02	책제목	작가

좋은 구절

요약 및 느낀점

감상 및 마음에 남는 문장

1	책제목	작가

은 구절

약 및 느낀점

2	책제목	작가

은 구절

약 및 느낀점

01	책제목	작가

좋은 구절

요약 및 느낀점

02	책제목	작가

좋은 구절

요약 및 느낀점

감상 및 마음에 남는 문장

01	책제목	작가

좋은 구절

요약 및 느낀점

02	책제목	작가

좋은 구절

요약 및 느낀점

01	책제목	작가

좋은 구절

요약 및 느낀점

02	책제목	작가

좋은 구절

요약 및 느낀점